DIABO
apaixonado

JACQUES CAZOTTE

DIABO
apaixonado

Seguido de
AVENTURA DO PEREGRINO

Tradução
ESTELA DOS SANTOS ABREU

1ª edição

Rio de Janeiro, 2013

Título do original em francês
Le diable amoureux suivi de Aventure du pèrlerin

Reservam-se os direitos desta edição à
EDITORA JOSÉ OLYMPIO LTDA.
Rua Argentina, 171 – 3º andar – São Cristóvão
20921-380 – Rio de Janeiro, RJ – República Federativa do Brasil
Tel.: (21) 2585-2060
Printed in Brazil / Impresso no Brasil

Atendimento e venda direta ao leitor
mdireto@record.com.br ou tel.: (21) 2585-2060

ISBN 978-85-03-01192-1

Capa: ISABELLA PERROTTA / HYBRIS DESIGN

Cet ouvrage, publié dans le cadre du Programme d'Aide à la Publication 2013 Carlos Drummond de Andrade de la Médiathèque de la Maison de France, bénéficie du soutien du Ministère français des Affaires Etrangères et Européennes.

Este livro, publicado no âmbito do Programa de Apoio à Publicação 2013 Carlos Drummond de Andrade da Mediateca da Maison de France, contou com o apoio do Ministério francês das Relações Exteriores e Europeias.

Texto revisado segundo o novo Acordo Ortográfico da Língua Portuguesa.

CIP-BRASIL. CATALOGAÇÃO NA PUBLICAÇÃO
SINDICATO NACIONAL DOS EDITORES DE LIVROS, RJ

C379d
Cazotte, Jacques, 1719-1792
    O diabo apaixonado seguido de Aventura do peregrino / Jacques Cazotte; tradução Estela dos Santos Abreu. – 1ª ed. – Rio de Janeiro: José Olympio, 2013.
    112 p.; 21 cm

    Tradução de: Le diable amoureux suivi de Aventure du pèrlerin
    ISBN 978-85-03-01192-1

    1. Novela francesa. I. Abreu, Estela dos Santos, 1932-. II. Título

13-02261
CDD: 843
CDU: 821.133.1-3

Sumário

Nota do editor (1772)	7
Nota do editor (1772, 2ª edição)	11
O diabo apaixonado	13
Aventura do peregrino	101

Nota do editor

(1772)*

A pesar da *indispensável* necessidade, que todo mundo conhece, de ornar com *gravuras* todos os livros que se tem a honra de oferecer ao público, foi por pouco que este quase teve de desistir dessa necessidade. Todos os nossos grandes artistas estão assoberbados de trabalho, todos os nossos gravadores furam [*sic*] as madrugadas e mal conseguem dar conta do recado; o autor estava desesperado e não conseguia nem por ouro nem por prata encontrar desenhos ou gravuras. Entregar seu trabalho sem isso significava perdê-lo; estava, portanto, decidido a guardá-lo quando, felizmente, encontrou numa hospedaria um desses homens geniais que a natureza se compraz em produzir e dos quais a arte nunca, com suas regras repressoras, conseguiu arrefecer a imaginação. De Estrasburgo a Paris não existe uma chaminé que não traga a marca do fogo de suas criações, da fumaça ondulada de seus cachimbos e da fleuma filosófica de seus fumadores.

Ele quis pôr no papel sua ideia quente e rápida, e, se os frios conhecedores não encontram aí o arremate rebus-

---

*Este texto e o seguinte foram escritos pelo próprio Cazotte. A primeira edição de 1772 foi ilustrada com seis gravuras.

cado de um buril enfadonhamente correto, as pessoas de bom gosto ficarão decerto impressionadas com a veracidade da expressão. A seriedade imponente de um filósofo conhecedor dos segredos mais impenetráveis da cabala, aliada à ávida curiosidade de um adepto sôfrego por se instruir e cuja atenção se comunica até às próprias pernas, salta aos olhos: o que com certeza não lhes escapará é o braço do lacaio infernal de *Soberano* que sai de uma nuvem para obedecer ao dono e lhe trazer, ao primeiro chamado, o cachimbo que ele pede; é, enfim, a facilidade do genial artista ao colocar, com toda a naturalidade, no muro do quarto, a estampa felizmente esquecida que representa esse extraordinário efeito da força mágica.

Não é fácil descrever com a mesma amplitude as obras-primas de outros dois gênios que utilizaram seus lápis sedutores; mas por que não tentá-lo? O espírito de um desenho, a expressão de uma gravura não costumam dizer mais e melhor que as palavras mais sonoras e bem-combinadas? Que expressões conseguiriam mostrar, da mesma forma que a gravura, a coragem tranquila de *Alvare*, que o cavernoso *che vuoi* não chega a abalar?

Como pintar com o mesmo ardor, por meio da escrita, sua fria surpresa quando, de sua cama quebrada, ele lança o olhar para o pajem encantador que, com os dedos, penteia os cabelos?

Que frases darão uma ideia mais nítida do *claro-escuro* com que o autor, na quarta estampa, devendo representar dois quartos, colocou, com muito engenho, todo o *escuro* num e todo o *claro* no outro? E que enorme contribuição ele ofereceu, por esse feliz contraste, a tantas pessoas que têm o furor de falar dessa arte sem dela ter a mínima noção! Se não houvesse o receio de ferir-lhe a modéstia, acrescentaríamos que sua mania nos parece muito próxima daquela do famoso *Rembrun* [*sic*].

O cão de Alvare, que, no bosque, ao rasgar-lhe a roupa, salva-o do precipício em que ele estava prestes a cair, é a prova de que pessoas esclarecidas muitas vezes não o são tanto quanto os animais.

A última, enfim, que tem a ver com a minúcia tão espirituosa da primeira, embora sob outra forma, pareceu-nos sublime por ser moral; que multidão de ideias apresenta à imaginação sua eloquente frieza! Um lugar no campo afastado de qualquer socorro humano; cavalos fogosos, emblema das paixões, que, ao quebrarem suas amarras, deixam longe, atrás deles, o veículo frágil que tão bem representa a humanidade; um ser estonteado que se atira para abraçar apenas um sopro; uma nuvem horrível, da qual sai um monstro cujo rosto retrata, aos olhos do mortal iludido, a imagem verdadeira daquilo que sua imaginação libertina havia estouvadamente embelezado.

Mas aonde nos leva o desejo de prestar o devido reconhecimento aos deliciosos autores desses quadros admiráveis? Quem, de nossos leitores, vai neles encontrar um milhão de ideias que não temos coragem de lhes indicar? Paremos por aqui, e que nos seja permitido dizer apenas *uma palavra* sobre o livro.

Foi sonhado em uma noite e escrito em um dia: não é, como de costume, uma imposição feita ao autor; ele o escreveu por prazer e em parte para a edificação de seus concidadãos, porque é um ser muito moral. O estilo é rápido; nada de tema em voga, nada de metafísica, nada de ciência, menos ainda de belas impiedades e ousadias filosóficas; apenas um assassinatozinho, para não destoar totalmente do gosto atual, e pronto. Parece que o autor sentiu que o homem que tem a cabeça transtornada pelo amor já merece compaixão; mas que, quando uma mulher bonita está apaixonada por ele, acaricia-o, não lhe dá sossego, incita-o e faz de tudo para ser amada, é o diabo.

Muitos franceses, que não se vangloriam disso, foram a grutas para fazer evocações e lá encontraram feras horríveis que gritavam *che vuoi?* e, depois de ouvirem a resposta, eram apresentados a um animalzinho de treze a catorze anos. É bonito, levam-no; banhos, roupas, modas, vernizes, professores de toda espécie, dinheiro, contratos, casas, tudo está preparado; o animal torna-se senhor, o senhor torna-se animal. Mas por quê? Porque os franceses não são espanhóis; porque o diabo é muito esperto; porque nem sempre ele é tão feio quanto dizem.

Nota do editor

(1772)

Este livro, ao ser publicado, estava enriquecido com gravuras mais que grotescas extraídas de nossos grandes mestres. Um homem muito espirituoso lhe acrescentou um prefácio que, infelizmente, será expurgado desta edição: continha uma crítica fina e agradável; mas, como se referia quase exclusivamente às estampas e delas não se tiraram novas provas, ficou decidida a supressão do prefácio: ele perderia hoje, por não poder ser compreendido, quase todo o seu charme.

O diabo apaixonado

Na edição das *Œuvres badines et morales, historiques et philosophiques*, em quatro volumes, publicada em Paris em 1817, a narrativa tem o subtítulo *Nouvelle espagnole*. [Novela espanhola].

Aos vinte e cinco anos, eu era capitão da guarda do rei de Nápoles: vivíamos eu e meus companheiros como todos os jovens, isto é, com mulheres e na jogatina enquanto o bolso aguentasse; e filosofávamos no quartel quando o dinheiro estava curto.

Certa noite, depois de esgotarmos considerações de todo tipo em torno de uma garrafinha de vinho de Chipre e de um punhado de castanhas secas, o assunto descambou para a cabala e os cabalistas.

Um dos presentes sustentava que era uma ciência real e com manifestações seguras; quatro entre os mais jovens garantiam que não passava de um monte de disparates, fonte de trapaças, tudo feito para enganar os crédulos e divertir as crianças.

O mais velho do grupo, de origem flamenga, fumava cachimbo com ar distraído, sem dizer nada. Esse ar frio e absorto se destacava no meio da balbúrdia discordante que nos atordoava e me impedia de participar de uma conversa dispersiva demais para ser interessante.

Estávamos no quarto do fumante; a noite já ia alta: o grupo saiu, e ficamos sozinhos, nosso decano e eu.

Ele, fleumático, continuou fumando; eu, com os cotovelos apoiados na mesa, sempre calado. Enfim, meu companheiro rompeu o silêncio dizendo-me:

— Rapaz, você acaba de ouvir muita falação: por que não entrou na discussão?

— Porque — respondi —, em vez de aprovar ou censurar o que desconheço, prefiro ficar calado: nem sei o que quer dizer a palavra *cabala*.

— Há vários significados; mas não é disso que se trata, é da coisa em si. Acredita que haja uma ciência que ensine a transformar os metais e a subjugar os espíritos por meio de uma ordem nossa?

— Não entendo nada a respeito de espíritos, a começar pelo meu, a não ser que tenho certeza de que existem. Quanto aos metais, conheço o valor de um carlino[1] no jogo, na hospedaria e em outros lugares, e nada posso confirmar nem negar sobre a essência de uns e de outros, sobre as modificações e impressões que possam sofrer.

— Jovem colega, gosto muito de sua ignorância; vale tanto quanto a doutrina de outros: pelo menos você não vive no erro e, se não tem conhecimento, é capaz de obtê-lo. Seu jeito, seu caráter franco e sua retidão de espírito me agradam; sei algo além do que sabe o comum dos mortais; jure, por sua honra, que guardará segredo, prometa comportar-se com prudência e será meu aluno.

— A proposta que me faz, caro Soberano, agrada-me muito. A curiosidade é minha mais forte paixão. Confesso que, por natureza, tenho pouco interesse pelos conhecimentos corriqueiros; sempre me pareceram muito acanhados, e pressenti essa esfera elevada para a qual o senhor quer me lançar: mas qual é a primeira chave dessa

---

[1] Antiga moeda italiana. (*N. da T.*)

O DIABO APAIXONADO

ciência? De acordo com os colegas na discussão, são os próprios espíritos que nos instruem; é possível ter uma ligação com eles?

— Acaba de tocar no ponto, Alvare: não se aprende nada sozinho; quanto à possibilidade de nossas ligações, vou dar-lhe uma prova irrefutável.

Após dizer essas palavras, acabou de fumar: deu três batidas no cachimbo para tirar um resto de cinzas e colocou-o sobre a mesa, bem perto de mim. E, elevando a voz: "Calderon, pegue meu cachimbo, acenda-o e traga-o para cá."

Mal foi dada a ordem, vi o cachimbo sumir; e, antes que pudesse raciocinar sobre tais expedientes ou perguntar quem era o dito Calderon que recebera a incumbência, o cachimbo aceso estava de volta, e meu interlocutor retomara sua ocupação.

Continuou fumando uns minutos, não tanto para saborear o tabaco, mas sobretudo para gozar da surpresa que provocara; depois, levantando-se, disse:

— Meu turno da guarda é amanhã cedo, preciso descansar. Vá para a cama, tenha juízo e depois nos encontraremos.

Saí cheio de curiosidade e faminto de novas ideias, que esperava recolher em breve com a ajuda de Soberano. Vi-o no dia seguinte e nos seguintes; era minha única paixão; tornei-me sua sombra.

Fazia-lhe milhares de perguntas; ele evitava algumas e respondia a outras em tom de oráculo. Enfim, insisti sobre o ponto da religião de seus companheiros. "É a religião natural" foi a resposta. Entramos em pormenores; essas decisões combinavam mais com minhas preferências que com meus princípios; mas eu queria chegar ao meu objetivo e não devia contrariá-lo.

— O senhor dá ordens aos espíritos — disse-lhe eu —; quero, como o senhor, estar em contato com eles: quero, quero muito!

— Você é afobado, colega, não passou pela fase de aprendizagem; não cumpriu nenhuma das condições sob as quais é possível abordar sem medo essa sublime categoria...

— E... preciso de muito tempo?

— Talvez uns dois anos...

— Desisto então — exclamei —, morreria de impaciência com tanta espera. O senhor é cruel, Soberano. Não pode imaginar quão intenso é o desejo que criou dentro de mim: estou me consumindo...

— Rapaz, pensei que fosse mais prudente; começo a temer por você e por mim. Então você se exporia a invocar espíritos sem nenhuma preparação...

— E o que poderia me acontecer?

— Não afirmo que tenha de lhe acontecer algo de ruim; se eles tiverem poder sobre nós, será por fraqueza e pusilanimidade de nossa parte: no fundo, nascemos para mandar neles...

— Ah! Eu vou mandar neles!

— Sim, você tem o coração ardoroso, mas, e se perder a cabeça, se eles o assustarem?...

— Se tudo depender de não ter medo deles, eu os desafio a me assustarem.

— O quê! Mesmo que você visse o Diabo?...

— Eu puxaria as orelhas do grande Demo do inferno.

— Bravo! Se está tão seguro de si, pode arriscar-se, e prometo-lhe ajuda. Sexta-feira que vem, ofereço-lhe um jantar com dois dos nossos, e iniciaremos a aventura.

Era ainda terça-feira: nem mesmo um encontro galante fora aguardado com tanta impaciência. Finalmente chega o grande dia; encontro em casa de meu companheiro dois homens com cara de poucos amigos; jantamos. A conversa gira em torno de coisas triviais.

Depois do jantar, é proposto um passeio a pé até as ruínas de Portici. Pomo-nos a caminho e lá chegamos. Aqueles restos de tão augustos monumentos desmoronados, esfacelados, dispersos e cobertos de mato despertam-me na imaginação ideias nada comuns. "Eis", pensava eu, "a força do tempo sobre as obras do orgulho e da atividade dos homens." Avançamos por entre as ruínas e chegamos, enfim, tateando por entre destroços, a um lugar tão sombrio que nenhuma luz penetrava.

Meu companheiro, que me levava pelo braço, para de andar e eu também. Um deles acende uma vela. O local se ilumina muito pouco, e descubro que estamos sob uma abóbada muito bem-conservada de aproximadamente oito metros e com quatro saídas.

Mantínhamo-nos em completo silêncio. Meu companheiro, com a ajuda de um galho que lhe servia de apoio durante a caminhada, traça um círculo em torno de si, na areia solta que cobria o terreno, e sai dele depois de ter desenhado alguns caracteres.

— Entre nesse pentáculo, meu caro, e só saia quando houver bons sinais...

— Explique melhor: a que sinais devo sair?

— Quando tudo lhe for explicado; mas, se sair antes, se o medo o levar a um gesto em falso, poderá correr enormes riscos.

Dá-me ele então uma fórmula de evocação poderosa, envolta em palavras que jamais esquecerei, e ordena:

— Recite esta conjuração com firmeza e chame em seguida, por três vezes c em voz clara, *Belzebu*, e sobretudo não se esqueça do que prometeu fazer.

Lembrei que eu me vangloriara de puxar-lhe as orelhas.

— Farei o que disse — respondi —, não quero faltar à minha palavra nem me contradizer.

— Desejamos-lhe todo o êxito — respondeu —; quando tiver terminado, avise-nos. Você está bem defronte da porta pela qual deve sair para nos encontrar.

E eles se retiram.

Nunca um fanfarrão se viu diante de situação tão delicada: estive a ponto de chamá-los de volta; mas seria vergonhoso demais para mim; aliás, seria desistir de todas as minhas esperanças. Fiquei firme no lugar onde estava e comecei a refletir. Quiseram me assustar, pensei; querem ver se sou covarde. As pessoas que me testam estão a dois passos daqui e, após minha evocação, vão tentar me assustar. Vamos aguentar; devolver a zombaria aos maus zombeteiros.

Deliberação breve, embora perturbada pelo pio das corujas e dos mochos habitantes das redondezas e até da própria caverna.

Um pouco mais tranquilo após tal reflexão, empertigo-me com firmeza, pronuncio a evocação com voz clara e resoluta; e, elevando o tom, chamo por três vezes: *Belzebu*.

O DIABO APAIXONADO

Um arrepio percorreu-me as veias, e fiquei de cabelo em pé.

Mal havia eu terminado, uma janela se escancara à minha frente, ao alto da abóbada: uma torrente de luz mais brilhante que a do sol sai por essa abertura; uma cabeça de camelo horrorosa, tanto pelo tamanho quanto pela forma, com orelhas enormes, aparece à janela. O hediondo fantasma abre a goela e, com a voz que combina com o resto da aparição, responde: *Che vuoi?*

Todas as abóbadas e todos os subterrâneos das imediações ressoam sem trégua com o terrível *Che vuoi?*

Não sei como relatar o estado em que fiquei; nem sei o que manteve minha coragem e não me deixou perder os sentidos diante de tal quadro e do barulho ainda mais aterrorizante que vibrava em meus ouvidos.

Senti necessidade de apelar para todas as minhas forças; um suor frio ia esmorecê-las: fiz um enorme esforço. É preciso que nossa alma seja vasta e tenha prodigiosa energia; múltiplos sentimentos, ideias, reflexões tocam-me o coração, passam-me pelo espírito e me invadem ao mesmo tempo.

A revolução ocorre, torno-me senhor do meu terror. Olho fixo para o espectro.

— O que pretendes, atrevido, mostrando-te sob essa forma medonha?

O fantasma hesita um momento:

— Tu me chamaste — diz ele em tom mais moderado.

— O escravo — respondo — tenta assustar seu senhor? Se vieste receber minhas ordens, adota maneira conveniente e tom submisso.

— Mestre — pergunta o fantasma —, sob qual forma devo apresentar-me para vos ser agradável?

A primeira ideia que me veio à cabeça foi a de um cão.

— Vem sob a figura de um *cocker spaniel*.

Mal eu dera a ordem, o medonho camelo estica o pescoço de quase cinco metros de comprimento, abaixa a cabeça até o meio do salão e vomita um *cocker spaniel* branco, de pelo fino e brilhante, orelhas pendentes até o chão.

A janela fechou-se, toda e qualquer outra visão sumiu, e só restamos sob a abóbada bem-iluminada o cão e eu.

Ele andava em torno do círculo abanando o rabo e curvando a cabeça.

— Mestre — disse ele —, bem que eu queria lamber a ponta de vossos pés; mas o círculo terrível que está em torno de vós me repele.

Minha confiança chegara à audácia: saio do círculo, estendo o pé, o cão o lambe; faço o gesto de puxar-lhe as orelhas, ele se deita de costas como para pedir clemência; vi que era uma fêmea.

— Levanta-te — ordenei —; eu te perdoo: vês que não estou sozinho; aqueles senhores esperam não longe daqui; o passeio deve tê-los cansado; quero oferecer-lhes uma refeição; preciso de frutas, conservas, sorvetes, vinhos da Grécia; que tudo esteja bem-apresentado; ilumina e decora a sala sem luxo mas com esmero. Ao final da refeição, virás como virtuose e trarás uma harpa; avisarei quando for a hora de apareceres. Faz tudo para desempenhar bem o teu papel, dá expressão ao teu canto, decência e discrição na maneira de te apresentares...

— Vou obedecer, mestre, mas sob que condição?

— Sob a condição de obedecer, escravo. Obedece, sem replicar, ou...

— Não me conheceis, mestre, senão me trataríeis com menos rigor; aí vos proporia talvez a única condição de vos desarmar e satisfazer.

O cão mal havia terminado quando, ao me virar, vejo minhas ordens executadas com mais rapidez do que um cenário que sobe no palco da Ópera. Os muros da abóbada, ali na nossa frente, negros, úmidos, cobertos de musgo, ganharam um tom suave, formas agradáveis; era um salão de mármore jaspeado. A arquitetura apresentava um arco sustentado por colunas. Oito girândolas de cristal, contendo cada uma três velas, transmitiam uma luminosidade viva e bem distribuída.

Um momento depois, a mesa e o bufê estão prontos, com tudo o que é preciso para agradar; frutas e geleias de rara espécie, com aspecto saboroso e atraente. A louça usada no serviço era de porcelana japonesa. A cachorrinha dava mil voltas pela sala, fazia mil reverências para mim, como para apressar o serviço e saber se eu estava satisfeito.

— Muito bem, Biondetta; vista o traje de libré e vá dizer aos senhores que estão perto daqui que os aguardo, que tudo está servido.

Mal desviei o olhar, surge um pajem vestindo libré e segurando uma tocha acesa; ele sai e logo volta, trazendo meu companheiro flamengo e seus dois amigos.

Mesmo prevendo algo de extraordinário pela chegada e pelo cumprimento do pajem, eles não esperavam a mudança que ocorrera no lugar onde me haviam deixado.

Se eu não estivesse tão preocupado, teria me divertido ainda mais com o espanto deles, que explodiu num grito e se manifestou pela alteração de seus semblantes e atitudes.

— Senhores — disse-lhes —, fizeram uma longa viagem por amor a mim, resta-nos outra a fazer daqui até Nápoles; creio que esta singela refeição não lhes será desagradável e peço que me perdoem por ser tão pouco variada e abundante, mas foi pelo inesperado da visita.

Minha desenvoltura os desconcertou mais ainda do que a mudança de cenário e o requinte da refeição à qual estavam sendo convidados. Percebi isso e, decidido a acabar logo com uma aventura da qual interiormente eu desconfiava, procurei tirar o máximo partido, chegando até a forçar a alegria que faz parte de meu caráter.

Pedi-lhes que se sentassem à mesa; o pajem apresentava-lhes a cadeira com prontidão maravilhosa. Sentamo-nos; eu havia enchido os copos e passado as frutas; só minha boca se abria para falar e comer, as outras permaneciam boquiabertas; mas insisti para que se servissem de frutas, e minha segurança transmitiu-lhes confiança. Faço um brinde à mais bela cortesã de Nápoles; bebemos. Falo de uma nova ópera, de uma *improvisadora* romana chegada há pouco e cujos méritos são elogiados na corte. Refiro-me aos talentos que agradam, a música, a escultura; e aproveito a oportunidade para fazer que confirmem quão belos são os mármores que ornam o salão. Esvazia-se uma garrafa, logo substituída por outra ainda melhor. O pajem se desdobra, e o serviço não esmorece um instante. Lanço um olhar disfarçadamente: imaginem o Amor em traje de pajem; meus companheiros de aventura o assedia-

O DIABO APAIXONADO

vam com o olhar cheio de surpresa, prazer e inquietude. A monotonia da situação me cansou; vi que estava na hora de acabar com aquilo.

— Biondetto — digo ao pajem —, a *signora* Fiorentina prometeu conceder-me um momento; veja se ela chegou.

E Biondetto sai do aposento.

Meus hóspedes ainda não se haviam recuperado da estranheza do recado quando já uma porta do salão se abre, e Fiorentina entra com sua harpa; usava um traje de bom caimento porém modesto, chapéu de viagem e um véu muito claro sobre os olhos; pousa a harpa ao seu lado e me cumprimenta com graça:

— Senhor dom Alvare, se eu soubesse que o senhor estava com visitas não teria vindo nestes trajes; perdoem, senhores, por favor, uma viajante.

Ela se senta, e oferecemos-lhe obsequiosos as delícias de nosso pequeno festim, que ela prova por delicadeza.

— Então, senhora — pergunto —, está apenas de passagem por Nápoles? Não pode ficar mais tempo conosco?

— Tenho um compromisso marcado há muito tempo, senhor; fui muito bem recebida em Veneza no último carnaval; prometi que voltaria, e me pagaram adiantado: não fosse por isso, eu não resistiria às vantagens que a corte aqui me oferece nem à esperança de merecer os sufrágios da nobreza napolitana, considerada, por seu gosto, a mais refinada de toda a Itália.

Os dois napolitanos se curvam para responder ao elogio, tão impressionados com a realidade da cena que esfregam os olhos. Insisti com a virtuose para nos dar uma amostra de seu talento. Ela estava resfriada e cansada;

temia, com razão, ver-se rebaixada em nossa opinião. Enfim, decidiu executar o recitativo e a ariazinha patética finais do terceiro ato da ópera que ela devia estrear.

Segurando a harpa, ela preludia com a mãozinha longa, rechonchuda, branca e purpúrea, cujos dedos ostentam unhas arredondadas, de forma e graça inconcebíveis: surpresos, era como se estivéssemos no mais delicioso concerto.

A dama canta. Não existe ninguém com mais voz, mais alma, mais expressão: impossível oferecer mais empenhando-se menos. Emocionado até o fundo do coração, eu quase esquecia ser o criador do enlevo que me arrebatava.

A cantora dirigia a mim as expressões ternas de seu recitativo e de seu canto. O ardor dos olhares transpunha o véu; era penetrante, de inefável doçura; aqueles olhos não me eram desconhecidos. Enfim, juntando os traços conforme o véu me permitia vê-los, reconheci em Fiorentina o malandro do Biondetto; mas a elegância, a beleza da silhueta eram muito mais visíveis sob a forma de mulher que sob a vestimenta de pajem.

Quando ela acabou de cantar, fizemos-lhe justos elogios. Tentei convencê-la a executar uma ariazinha animada, que nos permitisse admirar a diversidade de seu talento.

— Não — respondeu —, não daria certo por causa do estado de espírito em que me encontro; aliás, deveis ter reparado no esforço que fiz para vos obedecer. Minha voz se ressente da viagem, perdeu o brilho. Como sabeis, parto esta noite. Foi um cocheiro de aluguel que me trouxe, estou às suas ordens: rogo que me concedais a graça de aceitar minhas desculpas e permitir que me retire.

Ao dizer isso, ela se levanta e pega a harpa. Tomo-a de suas mãos e, depois de acompanhá-la até a porta pela qual ela entrara, volto para junto dos presentes.

Eu devia ter inspirado alegria, mas via constrangimento nos olhares: recorri ao vinho de Chipre. Eu o achara delicioso, havia me devolvido as forças e a presença de espírito; dobrei a dose e, como a hora avançava, disse a meu pajem, que voltara a seu posto por trás do meu assento, que mandasse preparar o meu carro. Biondetto sai imediatamente e vai cumprir minhas ordens.

— Tem aqui cocheiros? — pergunta-me Soberano.

— Tenho — respondi —, trouxe-os e pensei que, se nosso encontro fosse demorado, vocês gostariam de voltar de maneira confortável. Vamos beber uma última rodada, não há perigo de não encontrarmos o caminho de volta.

Ainda não terminara a frase, e o pajem entra com dois criados bem-apresentados, trajando com esmero a libré.

— Senhor dom Alvare — explica Biondetto —, não pude trazer até aqui seu carro; ficou um pouco longe, adiante do entulho que cerca este local.

Levantamo-nos, Biondetto e os criados seguem à frente; começamos a andar.

Como não podíamos caminhar os quatro lado a lado por entre pedestais e colunas quebradas, Soberano, que se achava junto de mim, apertou-me a mão.

— Você nos ofereceu uma bela refeição, amigo; foi uma grande despesa.

— Meu amigo — respondi —, fico feliz se foi de seu agrado; dou-lhe pelo mesmo preço que me custou.

Chegamos ao carro; encontramos mais dois criados, um cocheiro, um postilhão, uma carruagem bem confortável às minhas ordens. Faço as honras, e tomamos a direção de Nápoles.

Ficamos algum tempo em silêncio; enfim um dos amigos de Soberano se manifesta.

— Não lhe pergunto qual é o seu segredo, Alvare; mas deve ter feito arranjos especiais; jamais alguém foi servido como você; e, em quarenta anos de trabalho, nunca obtive um pouco das gentilezas que recebeu esta noite. Não falo da mais celeste visão que se possa ter, pois é mais frequente cansarem nossos olhos do que nos alegrarem; enfim, você sabe de sua vida, é jovem; na sua idade, deseja-se tudo sem deixar tempo para pensar e só se procura o prazer.

Bernadillo, era o nome desse homem, saboreava a própria fala e me dava tempo para preparar a resposta.

— Ignoro — retorqui — de onde possa eu ter atraído favores especiais; suponho que não durem muito, e meu consolo será de tê-los partilhado com bons amigos.

Viram que eu me mantinha reservado, e a conversa findou.

O silêncio, porém, ajudou-me a refletir: lembrei-me do que fizera e vira; comparei os discursos de Soberano e Bernadillo, e concluí que acabava de sair da pior enrascada na qual uma curiosidade tola e a temeridade podem envolver um homem com o meu feitio.

Eu tivera boa instrução; fora educado até os treze anos sob o olhar de dom Bernardo Maravillas, meu pai, fidalgo íntegro, e por dona Mencia, minha mãe, a mulher mais religiosa e respeitável que existiu na Estremadura. "Oh,

O DIABO APAIXONADO

minha mãe!", pensava eu, "o que diria de seu filho se o visse, se ainda o vê? Mas isto vai acabar, palavra de honra."

Nesse meio-tempo, o carro chegava a Nápoles. Levei até a casa deles os amigos de Soberano. Ele e eu fomos para o nosso bairro. A aparência suntuosa da minha equipagem ofuscou um pouco a guarda diante da qual passamos em revista, mas as graças de Biondetto, que estava na frente da carruagem, deslumbraram ainda mais os espectadores.

O pajem despachou o carro e os serviçais, pegou uma tocha da mão dos guardas e atravessou as casernas para me levar ao meu apartamento. O criado de quarto, ainda mais espantado que os outros, queria indagar sobre o novo aparato que eu acabava de exibir.

— Basta, Carle — disse-lhe ao entrar no aposento —, não preciso de você; vá dormir, conversamos amanhã.

Ficamos sozinhos no quarto, e Biondetto fechou a porta; minha situação fora menos embaraçosa no grupo de que eu me despedira e no lugar tumultuado que havia atravessado.

Desejando dar fim à aventura, recolhi-me um instante. Olho para o pajem, seus olhos estão fixos no chão; um rubor cobre-lhe o rosto: sua aparência denota embaraço e muita emoção; resolvo enfim falar com ele.

— Biondetto, você me serviu muito bem, fez tudo com excelência; mas, como cobrou adiantado, penso que estamos quites.

— Dom Alvare é nobre demais para pensar que pode ficar quite assim...

— Se você fez mais do que me deve, se lhe devo alguma coisa, diga quanto é; mas não garanto que seja pago de imediato. A mesada mensal acabou; devo no jogo, na hospedaria, no alfaiate...

— O senhor está gracejando sem propósito.

— Se eu parar de brincar será para pedir que se retire, porque é tarde e preciso dormir.

— E me manda embora grosseiramente a esta hora tardia? Não esperava tal tratamento vindo de um cavalheiro espanhol. Seus amigos sabem que vim aqui, seus soldados, seu pessoal, todos me viram e perceberam qual é o meu sexo. Se fosse uma vil cortesã, o senhor mostraria algum respeito por levar em conta as atenções que são devidas a uma mulher; mas seu procedimento comigo é aviltante, infame: qualquer mulher se sentiria humilhada.

— Então agora lhe convém ser mulher para exigir atenções? Pois bem, se quer salvaguardar o escândalo de sua retirada, tenha, em seu próprio interesse, o cuidado de sair pelo buraco da fechadura.

— Como! A sério, sem saber quem eu sou...

— Posso não saber?

— Sim, o senhor ignora, só ouve seus preconceitos; mas, seja eu quem for, estou a seus pés, os olhos cheios de lágrimas: é como cliente que lhe imploro. Imprudência maior que a sua, talvez desculpável, já que o senhor é dela objeto, me fez hoje tudo desafiar, tudo sacrificar para obedecer-lhe, entregar-me e segui-lo. Atraí contra mim as mais cruéis e implacáveis paixões; tudo o que me resta são a sua proteção, o abrigo de seu quarto: vai fechá-lo para mim, Alvare? Será dito que um cavalheiro espanhol tratou com tanto rigor, tanta indignidade alguém que tudo sacrificou por ele, uma alma sensível, um ser fraco desprovido de todo apoio a não ser o dele; em resumo, uma pessoa do meu sexo?

Eu recuava quanto podia para sair daquela situação embaraçosa; mas ela abraçava meus joelhos e me seguia arrastando-se: fiquei, afinal, encurralado contra a parede.

— Levante-se — ordenei —, você acaba, sem saber, de me vencer por causa de meu juramento. Quando minha mãe me deu a primeira espada, fez-me jurar, com a mão sobre a guarda da arma, que por toda a vida eu serviria as mulheres sem nunca ofender nenhuma. Como poderia eu imaginar o que está acontecendo hoje...

— Pois bem, cruel! Seja por que motivo for, deixe-me ficar em seu quarto.

— Quero que fique pela incongruência do fato e para chegar ao extremo de minha extravagante aventura. Procure acomodar-se de modo que eu não a veja nem a ouça; à mínima palavra e ao mínimo movimento que me causem inquietação, engrossarei a minha voz para lhe perguntar *Che vuoi*?

Volto-lhe as costas e chego perto da cama para me trocar.

— Quer ajuda? — pergunta.

— Não, sou militar e sei cuidar de mim.

Deito-me.

Pela gaze da cortina, vejo o suposto pajem arrumar no canto do quarto uma esteira velha que encontrou no guarda-roupa. Senta-se nela, tira toda a roupa, veste um casaco meu que estava numa cadeira, apaga a luz, e a cena se encerra assim por enquanto; mas logo recomeçou em minha cama, onde eu não conseguia pegar no sono.

Parecia que o retrato do pajem estava pendurado no dossel da cama e nas quatro colunas; eu só via sua imagem. Tentei em vão ligar àquele objeto encantador a ideia do fantasma horroroso que eu vira; a primeira aparição ajudava a ressaltar o encanto da última.

O canto melodioso que eu escutara sob a abóbada, aquela voz sedutora, as palavras que pareciam vir do coração ecoavam ainda no meu íntimo e despertavam um frêmito singular.

"Ah! Biondetta!", pensava eu, "e se você não fosse um ser fantástico, se você não fosse aquele horrível dromedário!"

Mas por qual movimento me deixei levar? Venci o medo, vamos extirpar um sentimento mais perigoso. Que doçura posso esperar dele? Não será sempre igual à sua origem?

O ardor de seus olhares tão tocantes, tão suaves, é um cruel veneno. Aquela boca tão bem desenhada, tão colorida, tão fresca e, na aparência, tão ingênua, só se abre para imposturas. Aquele coração, se de fato existia, só se aqueceria para uma traição.

Enquanto eu me entregava aos pensamentos provocados pelos movimentos desencontrados que me agitavam, a lua, chegada ao alto do hemisfério e num céu sem nuvens, enviava todos os seus raios para o meu quarto através de três grandes vidraças.

Eu fazia movimentos prodigiosos em minha cama: ela não era nova; a madeira cedeu, e as três tábuas que sustentavam o colchão caíram com estrondo.

Biondetta levantou-se e correu até mim dizendo em tom assustado:

— Dom Alvare, o que foi que lhe aconteceu?

Como, apesar da queda, eu não a perdia de vista, olhei quando se levantou e chegou bem junto a mim; sua camisola era uma camisa de pajem, e o luar, ao lhe iluminar a coxa, pareceu ainda mais brilhante.

Pouco preocupado com o mau estado da cama que só me obrigava a menos conforto, fiquei muito mais aflito por me ver entre os braços de Biondetta.

— Não aconteceu nada — disse-lhe —, retire-se; você está descalça no chão, vai pegar um resfriado, retire-se...

— Mas o senhor não está bem...

— É verdade, e é por sua causa; retire-se, ou então, já que quer dormir no meu quarto e ficar perto de mim, ordeno-lhe que vá dormir naquela teia de aranha ali bem no cantinho da porta.

Sem esperar pelo fim da ameaça, ela foi deitar-se na esteira, soluçando baixinho.

A madrugada avança, o cansaço me vence e proporciona uns momentos de sono. Só acordo com o dia claro. É fácil adivinhar o rumo que meus primeiros olhares tomaram. Procurei ver onde estava meu pajem.

Estava sentado num banquinho, todo vestido, apenas sem o gibão; havia soltado os cabelos que encostavam no chão, cobrindo-lhe, com cachos soltos e naturais, as costas, os ombros e até o rosto.

Na falta de algo melhor, ele desembaraçava os cabelos com os dedos. Nunca o mais belo pente de marfim passeou por mais densa floresta de cabelos loiros; a finura era idêntica às suas outras perfeições; um leve movimento meu mostrou que eu acordara, e ela afasta com os dedos os cachos que lhe escondiam a face. Imaginem o despontar da primavera emergindo dos vapores da manhã com seu orvalho, sua frescura e seus aromas.

— Biondetta — digo-lhe —, pegue um pente; há um aí na gaveta da escrivaninha.

Ela obedece. E logo, com uma fita, seus cabelos são presos no alto da cabeça de modo rápido e elegante. Ela pega o gibão, abotoa-o com intensa minúcia e senta-se no banquinho com ar tímido, embaraçado, inquieto, que desperta forte compaixão.

Se eu tiver de ver, pensei comigo, durante o dia todo, mil cenas, cada uma mais excitante que a outra, sei que não vou resistir; tentemos o desfecho se for possível.

Dirijo-lhe a palavra.

— Amanheceu, Biondetta, todas as obrigações foram cumpridas, pode sair do meu quarto sem medo do ridículo.

— Agora estou — respondeu-me — acima desse temor; mas os seus interesses e os meus me causam outro bem mais sério: não permitem que nos separemos.

— Pode me explicar?

— É o que vou fazer, Alvare. Sua juventude, sua imprudência lhe fecham os olhos quanto aos perigos que acumulamos ao nosso redor. Assim que o vi sob a abóbada e constatei sua atitude heroica diante do aspecto da mais hedionda aparição, decidi qual seria minha escolha. Se, disse a mim mesma, para chegar à felicidade, devo unir-me a um mortal, vamos adotar um corpo, chegou a hora. Eis o herói digno de mim. Mesmo que fiquem indignados os desprezíveis rivais dos quais abro mão; mesmo que me exponha a seu ressentimento e vingança, pouco importa!

O DIABO APAIXONADO

Amada por Alvare, junto com Alvare, eles e a natureza nos serão submissos. O senhor viu a continuação; e eis as consequências.

— A inveja, o ciúme, o despeito, a raiva preparam para mim os mais cruéis castigos a que possa ser submetido um ente de minha espécie, aviltado por escolha própria, e que só o senhor pode salvar. Mal nasceu o dia, e já os delatores estão a caminho para entregá-lo, como necro-mante, àquele tribunal que o senhor bem conhece. Daqui a uma hora...

— Chega! — exclamei, pondo os punhos fechados sobre os olhos —, você é o mais hábil e mais insigne dos falsá-rios. Fala de amor, dele apresenta a imagem e envenena a ideia. Proíbo que diga mais uma palavra. Deixe-me ficar mais calmo, se eu conseguir, para então tomar uma de-cisão. Se tiver de cair nas mãos do tribunal, não escolho, neste instante, entre você e ele, mas, se você me ajudar a sair daqui, o que me espera? Poderei separar-me de você quando eu bem quiser? Exijo que me responda com clareza e exatidão.

— Para separar-se de mim, Alvare, basta um ato de sua vontade. Lamento até que minha submissão seja for çada. Se, depois, você desdisser de meu cuidado, será por imprudência, por ingratidão...

— Não sei de nada, a não ser que preciso partir. Vou acordar meu criado; quero que ele busque dinheiro e vá ao correio. Irei a Veneza para falar com Bentinelli, o banqueiro de minha mãe.

— Está precisando de dinheiro? Felizmente sou muito prevenida; aqui está à sua disposição...

— Guarde seu dinheiro. Se você fosse uma mulher e eu aceitasse, seria uma baixeza...

— Não é dado, o que estou propondo é um empréstimo. Passe-me uma ordem para seu banqueiro; faça uma relação do que deve aqui. Deixe em sua escrivaninha uma ordem a Carle para ele pagar. Escreva uma carta a seu comandante pedindo dispensa por motivo inadiável que o força a partir sem aguardar a licença. Buscarei uma carruagem e cavalos; mas, antes, Alvare, forçada a me separar de você, volto a sentir todos os meus temores; diga: *"Espírito que só te ligaste a um corpo por minha causa, e apenas por minha causa, aceito tua submissão e te concedo minha proteção."*

Ao me ditar essa frase, ela se atirou a meus joelhos, segurou-me a mão, apertou-a e a banhou de lágrimas.

Eu estava fora de mim, sem saber que partido tomar; dou-lhe minha mão, que ela beija, e balbucio as palavras que lhe pareciam tão importantes; mal terminei, ela se ergue:

— Sou toda sua — exclama com arrebatamento —; posso tornar-me a mais feliz de todas as criaturas.

Nesse momento, ela se envolve num longo casaco, enterra um grande chapéu até os olhos e sai do meu quarto.

Eu estava meio aturdido. Encontro a relação das minhas dívidas. Assino embaixo uma ordem para Carle pagar; separo o dinheiro necessário; escrevo para o comandante e para um amigo íntimo cartas que eles devem ter considerado muito estranhas. Já se podiam ouvir a carruagem e o chicote do postilhão à minha porta.

Biondetta, sempre com o nariz enterrado no casaco, volta e me arrasta. Carle, acordado com o barulho, aparece de camisolão.

O DIABO APAIXONADO

— Vá — digo-lhe — até a minha escrivaninha, lá estão minhas ordens.

Subo na carruagem. Vou embora.

Biondetta entrara comigo no veículo; estava na frente. Quando saímos da cidade, ela tirou o chapéu que a encobria. Seus cabelos estavam presos numa rede escarlate; só se viam as pontas, eram pérolas sobre o coral. Seu rosto, livre de qualquer enfeite, brilhava pela própria perfeição. Parecia haver algo transparente em sua pele. Era difícil entender como a meiguice, a candura, a ingenuidade podiam aliar-se à astúcia que brilhava naquele olhar. Percebi-me fazendo sem querer essas observações; e, julgando que eram perigosas para meu descanso, fechei os olhos para tentar dormir.

A tentativa não foi inútil. O sono tomou conta dos meus sentidos e me ofereceu os sonhos mais agradáveis e indicados para me liberar a alma das ideias pavorosas e estranhas que a haviam atormentado. Sonho, aliás, muito longo, e minha mãe, tempos depois, refletindo sobre minhas aventuras, achou que tal sonolência não fora natural. Enfim, quando despertei, estava à beira do canal onde fica o embarcadouro das partidas para Veneza.

Já ia alta a noite; sinto que me puxam pela manga, era um carregador pedindo para tomar conta de minha bagagem. Eu não tinha nem um gorro de dormir.

Biondetta apareceu noutra portinhola para dizer que a embarcação que me levaria estava pronta. Desço maquinalmente, entro no falucho e caio de novo na letargia.

Que posso dizer? No dia seguinte, de manhã, eu estava alojado na praça São Marcos, no mais belo apartamento da melhor hospedaria de Veneza. Eu a conhecia. Reconheci-a logo. Vejo roupa, um robe excelente perto da cama. Pensei que pudesse ser uma atenção do anfitrião em casa de quem eu chegara sem nada.

Levanto-me e tento ver se sou o único objeto vivo no quarto; procuro por Biondetta.

Com vergonha desse primeiro impulso, agradeço minha sorte. Aquele espírito e eu não somos, portanto, inseparáveis; livrei-me dele; e, depois de minha imprudência, posso dar-me por feliz se só perder meu posto na guarda.

Coragem, Alvare, continuei; há outras cortes, outros soberanos além deste de Nápoles; isso deve servir-te de lição, se não fores incorrigível e te comportares melhor. Se não quiserem teus préstimos, uma mãe carinhosa, a Estremadura e um patrimônio honesto te estendem os braços.

Mas o que desejava de ti aquele diabrete que não te largou durante vinte e quatro horas? Tinha uma cara bem sedutora; deu-me dinheiro, quero devolver-lhe.

Estava eu ainda falando comigo quando vejo chegar minha credora; trazia dois criados e dois gondoleiros.

— É preciso — disse ela — que o senhor seja servido enquanto Carle não chega. Garantiram-me na hospedaria que estes aqui são inteligentes e fiéis, e eis os mais ousados exemplares da república.

— Estou satisfeito com sua escolha, Biondetta — respondi —; está alojada longe daqui?

— Escolhi — responde, de olhos baixos —, no próprio apartamento de Vossa Excelência, o aposento mais afastado daquele que o senhor ocupa, para atrapalhá-lo o menos possível.

O diabo apaixonado 41

Achei que foi adequada, delicada, essa atenção de deixar um espaço entre mim e ela. Agradeci-lhe.

Na pior hipótese, pensava eu, não conseguiria expulsá-la do ar se ela decidisse ficar invisível para me atormentar. Enquanto ela ficar num aposento conhecido, posso calcular minha distância. Contente com minha racionalização, aprovei tudo rapidamente.

Eu queria sair para encontrar o correspondente de minha mãe. Biondetta deu ordens para que os criados ajudassem a me vestir e, ao ficar pronto, fui aonde queria.

O negociante me recebeu de um modo que me surpreendeu. Estava à escrivaninha no seu banco; de longe, me avistou e veio até mim dizendo:

— Dom Alvare, não sabia que estava aqui. Chega bem a tempo de eu não cometer um engano; ia enviar-lhe duas cartas e dinheiro.

— A minha mesada? — perguntei.

— É, e mais alguma coisa. Cá estão duzentos cequins[2] a mais que chegaram pela manhã. Um velho fidalgo, a quem passei o recibo, trouxe esse dinheiro da parte de dona Mencia. Como sua mãe não recebia notícias suas, pensou que estivesse doente e encarregou um espanhol de suas relações de me passar essa quantia para eu lhe entregar.

— Ele disse o nome?

— Escrevi no recibo; é dom Miguel Pimientos, que disse ter sido escudeiro da sua casa. Ignorando sua chegada aqui, não perguntei qual era o endereço dele.

---

[2] Antiga moeda de ouro italiana. (*N. da T.*)

Peguei o dinheiro. Abri as cartas: minha mãe se queixava da saúde, da minha negligência, mas não falava dos cequins enviados; fiquei ainda mais sensibilizado por sua bondade.

Sentindo o bolso tão a jeito e bem provido, voltei alegre para a hospedaria; custei a encontrar Biondetta na espécie de aposento em que ela se acomodara. A entrada, distante de minha porta, era por uma passagem que encontrei por acaso. Vi Biondetta curvada perto de uma janela, entretida em juntar e colar os restos de um cravo.

— Estou com dinheiro — disse-lhe — e vim pagar o que me emprestou.

Ela corou, o que lhe acontecia sempre antes de falar; procurou o vale que eu fizera e me entregou, pegou o dinheiro e disse apenas que eu era correto demais e que ela teria preferido sentir por mais tempo o prazer de me ter como devedor.

— Mas ainda lhe devo, pois você pagou os cavalos.

Biondetta tinha a fatura sobre a mesa. Paguei. Eu ia saindo com aparente sangue-frio; perguntou quais eram as minhas ordens, eu não tinha nada a lhe pedir, e ela voltou calmamente para sua faina; estava de costas para mim. Observei-a por um momento; parecia muito ocupada e executava a tarefa com habilidade e energia.

Voltei a devanear em meu quarto. "Está aí", pensava, "a parelha daquele Calderon, que acendia o cachimbo de Soberano, e, embora tenha um ar distinto, não é de origem melhor. Se ele não se mostra exigente nem incômodo, se não tem pretensões, por que não ficar com ele? Aliás, ele me garantiu que, se quiser mandá-lo embora, basta um ato de minha vontade. Por que me precipitar e querer logo o que posso querer a qualquer momento do dia?"

Alguém interrompeu meus pensamentos para avisar que a refeição estava servida.

Sentei-me à mesa. Biondetta, usando libré, estava atrás de mim, atenta ao desenrolar do serviço. Eu não precisava me virar para vê-la; três espelhos no salão repetiam todos os seus movimentos. Terminada a refeição, arrumaram tudo. Ela se retirou.

O dono da hospedaria subiu, já o conhecia. Estávamos no carnaval; minha chegada não era surpresa para ele. Cumprimentou-me pelo aumento do meu séquito, o que fazia supor uma fase melhor de minha fortuna, e se pôs a tecer louvores a meu pajem, o jovem mais bonito, mais dedicado, mais inteligente, mais afável que conhecera. Perguntou-me se eu pretendia participar das folias do carnaval: era minha intenção. Peguei uma máscara e entrei na minha gôndola.

Percorri a praça; fui ao espetáculo, ao *Ridotto*. Joguei, ganhei quarenta cequins, voltei bem tarde, tendo buscado distração por toda parte onde pensava encontrá-la.

Meu pajem, de tocha em punho, esperava-me ao pé da escada e entregou-me aos cuidados de um criado, perguntando a que horas eu queria que fossem ao meu quarto. À hora de costume, respondi, sem saber o que dizia, sem lembrar que ninguém conhecia o meu modo de viver.

Acordei tarde no dia seguinte e levantei-me depressa. Olhei por acaso para as cartas de minha mãe que haviam ficado sobre a mesa. "Que mulher digna! O que estou fazendo aqui? Por que não vou pôr-me ao abrigo de seus sábios conselhos? Ah! Eu vou, vou mesmo, é o que me resta fazer."

Como falei alto, perceberam que eu estava acordado; entraram no quarto, e revi o estorvo de minha razão. Ele tinha um ar desinteressado, modesto, submisso, e me pareceu ainda mais perigoso. Anunciou a chegada de um alfaiate trazendo tecidos; concluído o negócio, desapareceu com ele até a hora da refeição.

Comi pouco e corri de novo para o turbilhão de diversões da cidade. Procurei as máscaras; escutei, disse tolas pilhérias e terminei a folia pela Ópera, sobretudo pelo jogo, até então minha paixão favorita. Ganhei muito mais nessa segunda vez.

Dez dias se passaram no mesmo estado de ânimo e de espírito, e mais ou menos em dissipações semelhantes: encontrei amigos antigos e fiz novos. Apresentaram-me aos grupos mais seletos; fui recebido em casa de nobres para partidas de bilhar.

Tudo iria bem se minha sorte no jogo não tivesse virado, mas perdi no *Ridotto*, numa noitada, mil e trezentos cequins que havia conseguido juntar. Nunca houve jogo mais azarado. Às três da madrugada, retirei-me, arruinado, devendo cem cequins a uns conhecidos. A tristeza estava estampada em meu olhar e em todo o meu aspecto. Biondetta pareceu preocupada; mas não abriu a boca.

No dia seguinte, levantei-me tarde. Andei pelo quarto a passos largos e pisando com força. Serviram-me a refeição, não comi nada. Quando retiraram os pratos, Biondetta ficou, o que não era costume. Ela me olhou um instante, deixou escapar umas lágrimas:

— O senhor perdeu dinheiro, dom Alvare; talvez mais do que pode pagar...

O DIABO APAIXONADO 45

— E, se for o caso, onde encontrarei a solução?

— Não me ofenda; meus serviços estão sempre à sua disposição pelo mesmo preço; mas não iriam longe se fossem só para contrair comigo obrigações que o senhor pensa ter de cumprir de imediato. Deixe-me pegar uma cadeira; sinto-me tomada por uma emoção que me impediria de ficar de pé; tenho, aliás, coisas importantes a lhe dizer. O senhor quer se arruinar?... Por que joga com esse furor, uma vez que não sabe jogar?

— Todo mundo sabe como são os jogos de azar. Haveria alguém capaz de me ensinar?

— Sim; prudência à parte, é possível aprender os jogos que o senhor chama equivocadamente de jogos de azar, do acaso. Não existe acaso no mundo; tudo nele sempre foi e será uma série de combinações necessárias que só se entende pela ciência dos números cujos princípios são, ao mesmo tempo, tão abstratos e profundos que só podem ser compreendidos sob a orientação de um mestre; mas é preciso saber encontrar tal mestre e ligar-se a ele. Só lhe posso mostrar esse conhecimento sublime por uma imagem. O encadeamento dos números faz a cadência do universo, regula aquilo que se chama de acontecimentos fortuitos e supostamente determinados, forçando-os por pêndulos invisíveis a cair um por um, desde o que ocorre de importante nas esferas longínquas, até os míseros pequenos acasos que hoje o despojaram do seu dinheiro.

Aquela tirada científica numa boca infantil, a proposta um pouco brusca de me oferecer um mestre provocaram em mim ligeiro arrepio, um pouco daquele suor frio que eu sentira sob a abóbada de Portici. Olho Biondetta, que abaixava os olhos, e digo:

— Não quero um mestre, tenho medo de aprender demais; mas tente provar-me que um fidalgo pode saber um pouco mais que o jogo e servir-se disso sem comprometer seu caráter.

Ela considerou a tese e eis, em substância, o resumo de sua demonstração:

— A banca está programada para obter um lucro exorbitante que se renova a cada parada; se ela não corresse riscos, o Estado estaria cometendo um roubo manifesto em relação a seus súditos. Mas os cálculos que podemos fazer são suposições, e a banca ganha sempre, pois sabe que, como opositor, vai encontrar, entre dez mil enganados, apenas uma pessoa com instrução.

A convicção foi levada mais longe. Aprendi uma única combinação, muito simples na aparência; não entendi quais eram os princípios; mas naquela mesma noite, pelo bom resultado, conheci sua infalibilidade.

Em resumo, seguindo-a, tornei a ganhar tudo o que perdera, paguei minhas dívidas de jogo e, ao voltar, devolvi a Biondetta o dinheiro que ela me emprestara para a aventura.

Eu estava com dinheiro, mas mais enrolado do que nunca. Minha desconfiança voltara quanto aos desígnios do ser perigoso de quem eu utilizara os serviços. Decididamente eu não sabia se conseguiria afastá-lo de mim; de qualquer modo, não tinha força para querer isso. Eu desviava o olhar para não vê-lo onde ele estava e o via em todo lugar onde ele não estava.

O jogo já não me oferecia uma distração prazerosa. O jogo do faraó, de que eu tanto gostava, já não tinha o apelo do risco e perdera tudo o que nele me atraía. As momices do carnaval me aborreciam; os espetáculos me pareciam insípidos. Quando me parecia ter o coração livre para desejar estabelecer uma ligação com mulheres da alta roda, era repelido de antemão pelo langor, pelo cerimonial e pela obrigação do galanteio. Restava-me o recurso dos bilhares dos nobres, onde eu não queria mais jogar, e a companhia das cortesãs.

Entre as mulheres desta última estirpe, havia algumas que se destacavam mais pela elegância do luxo e pelo brilho de quem as acompanhava do que por seus dotes pessoais. Encontrava em suas casas uma real liberdade que eu apreciava, uma alegria ruidosa que, se não chegava a me agradar, podia me atordoar; enfim, um abuso contínuo da razão que me retirava, por alguns momentos, dos entraves da minha. Dirigia galanteios a todas as mulheres desse tipo ao ser recebido em suas casas, sem ter interesse por nenhuma delas; mas a mais célebre de todas cultivava, a meu respeito, intenções que logo revelou.

Era conhecida pelo nome de Olympia. Tinha vinte e seis anos, muita beleza, talentos e vivacidade. Logo demonstrou o sentimento que nutria por mim e, sem sentir o mesmo por ela, atirei-me em sua direção para me livrar, de certa forma, de mim mesmo.

Nossa ligação começou de modo brusco e, como nela eu encontrava poucos encantos, julguei que terminaria do mesmo jeito, que Olympia, farta de meu descaso em relação à sua pessoa, logo procuraria um amante que lhe fizesse justiça, sobretudo porque tínhamos começado na base da paixão totalmente desinteressada; mas nosso destino decidiu de outro modo. Deve ter sido sem dúvida para castigo daquela mulher soberba e arrogante, e para me criar problemas de outro tipo, que ela concebeu por mim um amor desenfreado.

Eu já não era mais senhor de mim para, à noite, regressar à hospedaria e, durante o dia, era infernizado com bilhetes, recados e indivíduos que me vigiavam.

A reclamação era sobre a minha frieza. Um ciúme, ainda sem objeto, era dirigido a todas as mulheres que me chamassem a atenção, e teria exigido de mim chegar a ser descortês com elas se fosse possível corroer meu caráter. Sentia-me mal naquele perpétuo tormento, mas seguia levando a vida. Eu procurava honestamente amar Olympia, para amar alguma coisa e me distrair do afeto perigoso que sabia existir em mim. No entanto, uma situação mais complicada se preparava.

Eu era silenciosamente observado na hospedaria por ordem da cortesã, que um dia me perguntou:

— Desde quando tens o belo pajem com o qual tanto te importas, para o qual tens tantas atenções e que não deixas de olhar quando está trabalhando em teu apartamento? Por que lhe fazes observar um retiro forçado? Pois ele nunca é visto em Veneza.

— Meu pajem — respondi — é um jovem de boa família, cuja educação por dever a mim incumbe. É...

— É... — continuou ela, com os olhos flamejantes de ódio traiçoeiro —, é uma mulher. Um de meus espiões a viu, pelo buraco da fechadura, quando ela se banhava...

— Dou-lhe minha palavra de honra de que não é uma mulher...

— Não acrescentes a mentira à traição. Essa mulher estava chorando, deu para ver; ela não é feliz. Serves apenas para atormentar os corações que se entregam a ti. Tu a enganas, como me enganas, e a abandonas. Devolve aos pais essa jovem; e, se teu esbanjamento te deixou sem recursos para ser justo com ela, que ela conte comigo para isso. Deves-lhe um futuro: eu me incumbirei disso; mas que ela desapareça amanhã.

— Olympia — repeti com a maior frieza que me foi possível —, já lhe jurei, repito e juro mais uma vez que não é uma mulher; e queira o céu...

— Que significam essas mentiras e esse "Queira o céu", monstro? Manda-a embora, repito, ou... Mas tenho outros meios; vou te desmascarar, e ela há de entender, se não és capaz de entender.

Irritado com a torrente de injúrias e de ameaças, mas sem nada demonstrar, voltei para minha hospedagem, embora já fosse tarde.

Minha chegada surpreendeu os serviçais, sobretudo Biondetta: ela mostrou preocupação com a minha saúde; respondi que não estava alterada. Eu quase nunca falava com ela desde a minha ligação com Olympia, e não houvera nenhuma mudança em seu comportamento para comigo; mas percebia-se em sua fisionomia um aspecto geral de abatimento e de melancolia.

No dia seguinte, mal eu acordara, Biondetta entra em meu quarto com uma carta aberta na mão. Ela me entrega, e leio:

"Ao suposto Biondetto,

Não sei quem é a senhora nem o que pode fazer em casa de dom Alvare; mas é muito jovem para não ser desculpada e está em péssimas mãos para não provocar compaixão. Esse cavalheiro deve ter-lhe prometido o que promete a todo mundo, o que ele jura para mim ainda todos os dias, embora determinado a nos trair. Dizem que a senhora é tão ajuizada quão bonita; deve ser capaz de ouvir um bom conselho. A senhora está em idade de reparar o erro que poderá ter cometido; uma alma sensível lhe oferece os recursos para tal. Não se regateará quanto à força do sacrifício a ser feito para garantir seu descanso. Precisará ser proporcional ao seu estado, às perspectivas que foi obrigada a abandonar, àquelas que poderá ter para o futuro e, por conseguinte, será a senhora quem determinará qual é a quantia. Se persistir em querer ser enganada e infeliz, e a fazer outras infelizes, prepare-se para tudo o que o desespero pode sugerir de mais violento a uma rival. Aguardo sua resposta."

Depois de ler a carta, devolvi-a para Biondetta.

— Responda a essa mulher que ela é louca, e você sabe melhor do que eu quanto ela o é...

— Dom Alvare, conhece essa mulher? Não tem medo do que ela possa fazer?...

— Temo que ela continue a me aborrecer; por isso, vou deixá-la; e, para me livrar com mais certeza, vou alugar esta manhã uma linda casa que me propuseram no Brenta.

Vesti-me rapidamente e saí para concluir o negócio. Durante o trajeto, pensei nas ameaças de Olympia. Doida varrida!, pensava, ela quer matar... Não consegui, e sem saber por quê, pronunciar a palavra.

Assim que concluí a transação, voltei à hospedaria; almocei; e, com medo de que a força do hábito me levasse à casa da cortesã, decidi não sair o dia todo.

Pego um livro. Incapaz de prestar atenção na leitura, deixo-o de lado; vou até a janela, e as pessoas, os vários objetos, em vez de me distraírem, me chocam. Ando por todo o apartamento, à procura da tranquilidade de espírito na incessante agitação do corpo.

Nessa caminhada a esmo, meus passos se dirigem para um vestiário escuro, no qual os criados guardavam coisas necessárias a meu serviço mas que não deviam ficar à mostra. Eu nunca entrara naquele cômodo. A escuridão do lugar me agrada. Assento-me sobre um baú e lá fico alguns minutos.

Depois de breve espaço de tempo, ouço barulho num quarto vizinho; uma fresta de luz me atrai para uma porta condenada: a luz vinha pelo buraco da fechadura; encosto aí meu olho.

Vejo Biondetta sentada diante de seu cravo, de braços cruzados, em posição de quem está sonhando. Ela rompe o silêncio.

— Biondetta! Biondetta! — diz ela. — Ele me chama de Biondetta. A primeira, a única palavra carinhosa que saiu de sua boca.

Cala-se e parece voltar a sonhar. Põe enfim as mãos sobre o cravo que eu a vi consertar. Havia diante dela um livro fechado sobre o instrumento. Toca uns acordes e canta à meia-voz, acompanhando-se.

Percebi que o que ela cantava não seguia uma letra conhecida. Prestando mais atenção, ouvi meu nome, o de Olympia; ela improvisava em prosa sobre sua pretensa situação, sobre a de sua rival, que lhe parecia bem mais feliz que a sua; enfim, sobre a dureza que eu tinha para com ela e as suspeitas que provocavam a desconfiança que me afastava de minha felicidade. Ela teria me levado pelo caminho das grandezas, da fortuna e das ciências, e eu a teria feito feliz. "Infelizmente", dizia ela, "isso é impossível. Se ele me conhecesse como sou, meus fracos encantos não o atrairiam; uma outra..."

A paixão a arrebatava, e as lágrimas pareciam sufocá-la. Ela se levanta, vai buscar um lenço, se recompõe e chega perto do instrumento; quer sentar-se e, como se a altura do banco a deixasse numa posição incômoda, pega o livro que estava sobre o cravo, coloca-o sobre o banquinho, senta-se e outra vez toca uns acordes.

Logo entendi que o segundo trecho musical não seria do mesmo tipo do primeiro. Reconheci a melodia de uma barcarola muito em moda então em Veneza. Ela a repetiu duas vezes; depois, com voz mais clara e segura, cantou a seguinte letra:

Oh! Qual é a minha quimera!
Filha do céu e dos ares,
Por Alvare e pela terra,
Abandono o universo;
Sem brilho e sem poder,
Rebaixo-me até os grilhões;
E qual é a minha recompensa?
Desprezam-me e sou uma criada.

O diabo apaixonado

Corcel, a mão que o guia
Logo quer acariciá-lo;
Aprisiona-o, incomoda-o,
Mas teme feri-lo.
Dos esforços que o obrigam a fazer,
A honra cai sobre si,
E o freio que o reprime
Nunca o avilta.

Alvare, outra mulher te conquista,
E me afasta do teu coração:
Dize-me qual foi a superioridade com que
Ela venceu tua frieza?
Parece que ela é sincera,
Sua promessa é crível;
Ela agrada, eu não posso agradar:
A desconfiança é feita para mim.

A cruel desconfiança
Envenena o que há de bom
Têm medo de mim na minha presença;
Na minha ausência, me odeiam.
Meus tormentos, é suposição minha;
Gemo, mas sem motivo;
Se falo, eu imponho...
Se me calo, é traição.

Amor, tu fazes a impostura,
Eu passo por impostora;
Ah! Para vingar nossa injúria,

Dissipa enfim o seu engano.
Faz com que o ingrato me conheça;
E, seja qual for o assunto,
Que ele deteste uma fraqueza
Da qual não sou o objeto.

Minha rival está triunfante,
Comanda meu destino,
E vejo-me à espera
Do exílio ou da morte.
Não quebreis vossa cadeia,
Movimentos de um coração ciumento;
Porque despertaríeis o ódio...
Eu me constranjo: calai-vos!

O som da voz, o canto, o significado dos versos, a aparência deles provocam em mim um desatino inexprimível. "Ser fantástico, perigosa impostura!" exclamei saindo rapidamente do lugar onde eu ficara tanto tempo: "será possível alguém assumir melhor o aspecto da verdade e da natureza? Como estou feliz por só ter conhecido hoje o buraco dessa fechadura! Como eu teria vindo me inebriar, quanto teria procurado enganar a mim mesmo! Vamos sair daqui. Amanhã mesmo vamos para o Brenta. Aliás, vamos esta noite mesmo."

Chamo imediatamente um criado e mando levar, numa gôndola, o que me era necessário para passar a noite em minha nova casa.

Seria difícil demais, para mim, aguardar a noite na hospedaria. Saí. Andei ao acaso. Ao virar uma esquina,

O DIABO APAIXONADO

pareceu-me ver entrar num café aquele Bernadillo que acompanhava Soberano em nosso passeio a Portici. "Outro fantasma!", pensei; "eles me perseguem." Entrei em minha gôndola e percorri toda a Veneza de canal em canal: eram onze horas quando voltei. Quis partir para o Brenta, mas meus gondoleiros, cansados, se recusaram, e fui obrigado a chamar outros: eles chegaram, e meus criados sabendo das minhas intenções, me precederam na gôndola, levando seus próprios pertences. Biondetta me seguia.

Mal eu pusera os pés no barco, gritos me forçaram a olhar para trás. Um mascarado apunhalava Biondetta: "Estás me vencendo! Morre, morre, detestável rival!"

O ataque foi tão rápido que um dos gondoleiros que ficara em terra não conseguiu impedir. Tentou atacar o assassino levando a tocha até seus olhos; outro mascarado corre e o repele com gesto ameaçador e voz trovejante que me pareceu ser a de Bernadillo. Desesperado, saio da gôndola. Os assassinos desapareceram. Com a ajuda da tocha, vejo Biondetta pálida, banhada em sangue, morrendo.

Meu estado era indescritível. Qualquer outra ideia desaparece. Só vejo uma mulher adorada, vítima de uma ridícula premeditação, sacrificada por minha vã e extravagante confiança, e injuriada por mim, até então, com os mais cruéis insultos.

Corro; clamo ao mesmo tempo por socorro e por vingança. Um cirurgião, atraído pelo tumulto do acontecido, se apresenta. Mando levarem a jovem ferida para o meu apartamento; e, com medo de que não o façam com todo o cuidado, encarrego-me de metade do fardo.

Quando a despiram, quando vi o belo corpo ensanguentado com dois enormes ferimentos, ambos parecendo atacar as fontes da vida, disse e fiz mil extravagâncias.

Biondetta, aparentemente sem sentidos, não devia escutá-las; mas o dono da hospedaria e seus empregados, um cirurgião e dois médicos que foram chamados julgaram perigoso me deixar perto da moça ferida. Levaram-me para fora do quarto.

Deixaram meus criados comigo; mas, quando um deles teve a infelicidade de dizer que os facultativos consideravam mortais os ferimentos, soltei gritos desesperados.

Cansado enfim por minha exaltação, caí num abatimento que terminou em sonolência.

Parecia ver minha mãe em sonho; eu lhe contava toda a minha aventura e, para torná-la mais sensível, eu a levava até as ruínas de Portici.

"Não vamos lá, meu filho", dizia-me ela, "você está em perigo evidente." Quando passávamos num desfiladeiro estreito por onde eu seguia com segurança, uma mão de repente me empurra para o precipício; eu a reconheço, é a de Biondetta. Eu ia caindo, outra mão me apanha, e me vejo nos braços de minha mãe. Acordo ainda ofegando de medo. Terna mãe!, pensei, a senhora não me abandona nem em sonho.

Biondetta! Você quer me perder? Mas o sonho é resultado de minha imaginação perturbada. Ah! Expulsemos ideias que me levariam a faltar com reconhecimento e humanidade.

Chamo um criado e mando saber notícias. Dois cirurgiões estão atentos: houve uma grande perda de sangue; temem a febre.

O DIABO APAIXONADO

No dia seguinte, depois do curativo, veem que os ferimentos, embora profundos, não são mortais; mas a febre volta, aumenta, e é preciso aplicar na paciente novas sangrias.

Insisti tanto para entrar no apartamento que não conseguiram me impedir.

Biondetta estava fora de si e repetia sem parar o meu nome. Olhei para ela: nunca me parecera tão bela.

Era isso, pensava eu, o que eu considerava um fantasma colorido, um amontoado de vapores brilhantes reunidos apenas para me turvar os sentidos?

Biondetta tinha vida como eu tenho, e a está perdendo porque eu nunca quis ouvi-la, porque a expus voluntariamente. Sou uma fera, um monstro.

— Se morreres, tão digno objeto de ser amado, e do qual tão indignamente reconheci as bondades, não quero continuar a viver. Morrerei depois de ter sacrificado sobre teu túmulo a bárbara Olympia!

"Se me forces devolvida, serei teu; reconhecerei tuas bondades; coroarei tuas virtudes e tua paciência; ligo-me por laços indissolúveis e farei meu dever o tornar-te feliz pelo sacrifício cego de meus sentimentos e vontades."

Não descreverei os penosos esforços da arte e da natureza para chamar à vida um corpo que parecia prestes a sucumbir sob os esforços empreendidos no intuito de aliviá-lo.

Vinte e um dias se passaram na indecisão entre temor e esperança; enfim, a febre cedeu, e pareceu que a doente recuperava os sentidos.

Eu a chamei de minha cara Biondetta, ela me apertou a mão. A partir desse instante, reconheceu tudo o que estava ao seu redor. Estava eu à sua cabeceira: seus olhos se voltaram para mim; os meus estavam marejados de lágrimas. Não sei expressar, quando ela me olhou, a graça e a expressão de seu sorriso. "Cara Biondetta!", repetiu ela; "eu sou a cara Biondetta de Alvare."

Ela queria dizer mais alguma coisa: forçaram-me mais uma vez a sair do quarto.

Decidi ficar em seu quarto, num lugar onde ela não pudesse me ver. Enfim, tive licença para me aproximar e disse-lhe:

— Biondetta, vou mandar perseguir seus assassinos.

— Ah! Poupe-os — respondeu. — Eles me fizeram feliz. Se eu morrer, será por você; se eu viver, será para amá-lo.

Tenho motivos para abreviar essas cenas de ternura que ocorreram entre nós até o momento em que os médicos me garantiram que eu podia levar Biondetta para as margens do Brenta, onde o ar seria mais adequado para lhe restituir as forças. Lá nos instalamos. Contratei duas mulheres para cuidarem dela, desde o primeiro instante em que seu sexo ficou confirmado, ao tratarem seus ferimentos. Reuni em torno dela tudo o que podia contribuir para seu conforto e dediquei-me a lhe trazer alívio, diversão e prazer.

Ela recuperava forças a olhos vistos, e sua beleza parecia ganhar mais brilho a cada dia. Enfim, achei que já podia manter uma conversa mais longa sem lhe prejudicar a saúde:

— Oh, Biondetta, estou repleto de amor, certo de que você não é um ser fantástico, convencido de que você

O diabo apaixonado   59

me ama, apesar do modo revoltante como a tenho trata-
do. Mas sabe que meu desassossego tinha fundamento.
Explique-me o mistério da estranha aparição que ator-
mentou meu olhar na abóbada de Portici. De onde vinham
e o que aconteceu com aquele monstro horroroso e com a
cadelinha que antecederam sua chegada? Como e por que
você ficou no lugar deles e se dedicou a mim? Quem eram
eles? Quem é você! Ajude a tranquilizar um coração que
é todo seu e que deseja entregar-se para sempre.

— Alvare — respondeu Biondetta —, os necromantes,
espantados com a sua audácia, decidiram humilhá-lo e
reduzi-lo, pela via do terror, à condição de vil escravo de
suas vontades. Tinham preparado tudo para o máximo
assombro, fazendo que você evocasse o mais poderoso
e temível de todos os espíritos; e, com a ajuda daqueles
cuja categoria lhes é submissa, apresentaram-lhe um
espetáculo que o teria matado de pavor se o vigor de sua
alma não tivesse conseguido retornar contra eles aquele
estratagema.

"Diante de sua atitude heroica, sílfides, salamandras,
gnomos, ondinas, encantados com sua coragem, resol-
veram dar-lhe toda a preeminência sobre seus inimigos.

"Sou, na origem, sílfide e uma das mais consideradas
entre elas. Apareci sob a forma de cachorrinha; recebi
suas ordens, e todos nós logo corremos para cumpri-las.
Quanto mais você demonstrava altivez, determinação,
desembaraço, inteligência para comandar nossos movimentos, maiores se tornavam nossos zelo e admiração.

"Você me ordenou que o servisse como pajem e o dis-
traísse como cantora. Aceitei com alegria e experimentei

tais encantos nessa obediência que decidi obedecer-lhe para sempre.

"Decidamos, pensava eu, meu estado e minha felicidade. Largada no ar numa incerteza necessária, sem sensações, sem prazeres, escrava das evocações dos cabalistas, joguete de suas fantasias, necessariamente limitada em minhas prerrogativas como em meus conhecimentos, hesitaria ainda para escolher meios que me permitissem dignificar minha essência?

"Tenho permissão de assumir um corpo para me unir a um sábio: ei-lo aqui. Se me reduzo ao simples estado de mulher, se perco nessa mudança voluntária o direito natural das sílfides e a ajuda de minhas companheiras, gozarei a felicidade de amar e de ser amada. Serei a serva de meu vencedor; explicar-lhe-ei a excelência de seu ser cujas prerrogativas ele ignora: ele subjugará, com os elementos dos quais eu tiver renunciado o comando, os espíritos de todas as esferas. Ele nasceu para ser o rei do mundo, e eu serei a rainha, a rainha adorada por ele.

"Tais ideias, mais súbitas do que você pode imaginar numa substância destituída de órgãos, me decidiram de imediato. Ao conservar minha figura, assumo um corpo de mulher que só deixarei quando morrer.

"Quando assumi o corpo, Alvare, percebi que eu tinha um coração. Eu o admirava, o amava; mas como fiquei quando vi que em você só havia repugnância e ódio! Eu já não podia mudar nem mesmo me arrepender; sujeita a todos os infortúnios aos quais estão sujeitas as criaturas de sua espécie, tendo atraído a cólera dos espíritos e o ódio implacável dos necromantes, eu me tornava, sem sua proteção, o ser mais desgraçado que houve na terra: mas o que estou dizendo? Eu o seria também sem o seu amor."

Mil encantos presentes na figura, na atitude, no som da voz ainda realçavam o sortilégio daquela fala interessante. Eu não concebia nada do que estava ouvindo. Mas o que havia de concebível em minha aventura?

Tudo isso me parece um sonho, dizia comigo mesmo; mas será a vida humana algo além de um sonho? Meu sonho é apenas mais extraordinário que outros, e é só.

Eu a vira, com meus próprios olhos, precisando da ajuda da medicina, chegar quase às portas da morte e passar por todos os percalços do esgotamento e da dor.

O homem resulta de uma mistura de lama com água. Por que a mulher não pode ter sido feita de orvalho, de vapores terrestres e de raios de luz, de resquícios condensados de um arco-íris? Onde está o possível...? Onde está o impossível?

O resultado de minhas reflexões foi uma entrega ainda maior à minha inclinação, parecendo consultar a razão. Eu cercava Biondetta de atenções, de carícias inocentes. Ela as aceitava com uma franqueza que me encantava, com o pudor natural que age sem depender de reflexões nem de medo.

Um mês se passou em doçuras que me inebriaram. Biondetta totalmente restabelecida podia passear comigo por toda parte. Eu encomendara para ela um traje de amazona: com essa roupa e um grande chapéu de plumas, ela atraía todos os olhares e, sempre que aparecíamos, minha felicidade causava inveja a todos os ditosos cidadãos que enchem, nos dias ensolarados, as margens encantadas do

Brenta; até as mulheres pareciam ter desistido do ciúme de que as acusam, talvez subjugadas por uma superioridade inegável ou desarmadas por uma atitude que demonstrava alheamento a todas aquelas vantagens.

Conhecido por todos como o amante amado de um objeto tão encantador, meu orgulho era igual ao meu amor, e eu me alçava ainda mais quando me vangloriava de sua origem fulgurante.

Não duvidava de que ela possuísse os mais raros conhecimentos e supunha com razão que sua intenção era transmiti-los para mim; mas ela só falava de coisas comuns e parecia ter perdido de vista aquela outra intenção.

— Biondetta — disse-lhe numa noite em que passeávamos no terraço do meu jardim —, quando uma inclinação que muito me envaideceu a levou a ligar seu destino ao meu, você prometeu tornar-me digno dessa escolha transmitindo-me conhecimentos que não são dados ao comum dos mortais. Estou lhe parecendo agora indigno dessa atenção? Como pode um amor, tão terno e delicado quanto o seu, não desejar enobrecer seu objeto?

— Ó Alvare — respondeu ela —, sou mulher há apenas seis meses e tenho a impressão de que minha paixão só durou um dia. Perdoe-me se a mais suave das sensações inebria um coração que até então nunca sentira nada. Eu queria lhe mostrar como amar do modo como eu amo; e você estaria, só por esse sentimento, acima de todos os seus semelhantes; mas o orgulho humano aspira a outras alegrias. A inquietação natural não o deixa perceber uma felicidade se ele já não tiver outra, maior, em perspectiva. Sim, Alvare, vou lhe ensinar. Eu estava esquecendo com

O DIABO APAIXONADO

prazer o que é do meu interesse; coisa necessária, pois é na sua grandeza que devo encontrar a minha; mas não basta que você prometa ser meu, é preciso que se entregue sem reservas e para sempre.

Estávamos sentados num banco do gramado, sob o caramanchão de madressilva ao fundo do jardim; atirei-me a seus joelhos.

— Cara Biondetta, juro-lhe uma fidelidade a toda prova.

— Não — respondeu —, você não me conhece, você não se conhece: preciso de uma entrega absoluta. Só ela pode me tranquilizar e me bastar.

Eu lhe beijava a mão com paixão e repetia minhas promessas; ela me opunha seus temores. No auge da conversa, nossas cabeças se inclinam, nossos lábios se encontram... Naquele instante, senti que me puxavam a ponta do paletó e me sacudiam com força estranha...

Era o meu cão, um jovem dinamarquês que me haviam dado. Todos os dias, eu o fazia brincar com o meu lenço. Como ele fugira de casa na véspera, mandei que o prendessem para evitar uma segunda fuga. Ele acabava de arrebentar seu grilhão; guiado pelo olfato, me encontrara e me puxava pelo casaco para mostrar seu contentamento convidando-me para brincar; por mais que eu o afastasse com a mão e a voz, não consegui despachá-lo: ele corria e voltava para mim, latindo; enfim, vencido por sua impertinência, peguei-o pela coleira e o levei para casa.

Quando eu regressava ao nosso ninho para encontrar Biondetta, um criado veio avisar que o almoço estava servido e fomos para a mesa. Biondetta parecia estar pouco à vontade. Felizmente, havia um convidado, um jovem nobre que viera nos visitar.

No dia seguinte, entrei nos aposentos de Biondetta decidido a lhe dizer o que eu remoera durante toda a noite. Ela ainda estava deitada, sentei-me ao seu lado e disse:

— Ontem, quase fizemos uma loucura da qual eu me arrependeria para o resto dos meus dias. Minha mãe faz questão de que eu me case. Eu quero ser seu, mas não posso firmar um compromisso sério sem o consentimento dela. Já considerando você, querida Biondetta, como minha mulher, meu dever é respeitá-la.

— E não devo também eu respeitá-lo, Alvare? Mas tal sentimento não seria veneno para o amor?

— Você se engana, é o tempero...

— Belo tempero, que deixa você tão glacial a ponto de me paralisar! Ah, Alvare! Alvare! Felizmente não tenho regra nem rumo, nem pai nem mãe e quero amar de todo o coração sem esse tempero. Você deve atenção à sua mãe: é natural; basta que ela confirme a união de nossos corações, ou será necessário que nos dê sua licença prévia? Preconceitos surgiram em você por falta de esclarecimento e, seja raciocinando, seja não raciocinando, eles tornam sua conduta inconsequente e estranha. Obediente a verdadeiros deveres, você se impõe outros impossíveis ou inúteis; enfim, procura afastar-se do caminho, em busca do objeto cuja posse lhe parece a mais desejável. Nossa união, nossos laços passam a depender da vontade de outrem. Quem sabe se dona Mencia me considerará digna de entrar para a família Maravillas? E poderia eu ser então rejeitada? Ou a decisão, que depende de você, terá de ser obtida de sua mãe? Será você o homem destinado aos altos conhecimentos de que me fala ou o menino que vem dos montes da Estremadura? E devo ter sensibilidade quando vejo que há mais cuidado com a dos outros do que com a minha? Alvare! Alvare! Exaltam tanto o amor dos espanhóis, mas eles demonstram mais orgulho e presunção do que amor.

Eu já vivera situações extraordinárias; mas não estava preparado para aquela. Quis defender o respeito por minha mãe; o dever me impunha isso, além do reconhecimento e da afeição ainda mais fortes que o respeito. Eu não era ouvido.

— Não me tornei mulher para chegar a nada, Alvare: você tem a mim, eu quero tê-lo. Dona Mencia desaprovará depois, se for louca. Não fale mais nisso. Agora que me respeitam, que nos respeitamos, que respeitamos todo mundo, sou mais infeliz do que quando me odiavam.

E desfez-se em prantos.

Felizmente tenho brio, e esse sentimento me tolheu o movimento de fraqueza que me impelia aos pés de Biondetta para tentar aplacar aquela desmedida cólera e estancar as lágrimas que me deixavam desesperado. Retirei-me. Fui para meu escritório. Se alguém me amarrasse, teria sido um grande favor; afinal, temendo o desfecho da luta que se travava em mim, corri para minha gôndola. Uma das criadas de Biondetta passa por mim e digo-lhe:

— Vou a Veneza. Fui chamado para tratar do processo contra Olympia.

E parto imediatamente, numa preocupação devorante, aborrecido com Biondetta e mais ainda comigo, vendo-me obrigado a escolhas covardes ou desesperadas.

Chego à cidade; desço no primeiro ancoradouro. Percorro ansioso todas as ruas por onde passo, sem perceber que um temporal se arma e que é preciso encontrar um abrigo.

Estávamos em pleno mês de julho. De repente desabou uma forte chuva de granizo.

Vejo uma porta aberta: era a da igreja do grande convento dos franciscanos; entro.

Dei-me conta então de que fora preciso tal transtorno para me fazer entrar numa igreja desde que eu chegara aos estados de Veneza, o que me fazia reconhecer essa completa omissão de meus deveres.

Enfim, querendo deixar de lado tais preocupações, começo a olhar os quadros e os monumentos da igreja: era uma espécie de viagem curiosa ao redor da nave e do coro.

Chego enfim a uma capela recôndita, iluminada por uma lâmpada, na qual a claridade do dia não chegava; algo logo me chama a atenção no fundo da capela: uma escultura.

Dois anjos colocavam num túmulo de mármore negro uma figura de mulher, dois outros choravam junto ao túmulo.

Todas as figuras eram de mármore branco, e seu brilho natural, realçado pelo contraste ao refletir com intensidade a luz fraca da lâmpada, parecia dar-lhes uma luminosidade peculiar que clareava o fundo da capela.

Chego mais perto, examino as figuras; belas proporções, expressivas e de acabamento primoroso.

Olho bem de perto a figura principal. O que acontece comigo? Parece que estou vendo o retrato de minha mãe. Uma dor aguda e afetuosa, um santo respeito toma conta de mim.

— Oh, minha mãe! Será que, para me advertir de que minha falta de ternura e minha vida desregrada a levarão para o túmulo, esta fria imitação assume aqui sua semelhança querida? Oh, a mais digna das mulheres! Por mais desvairado que esteja, o seu Alvare reconhece todos os direitos que a senhora tem sobre o coração dele. Nunca se afastará da obediência que lhe deve, preferirá a isso mil mortes: que seja testemunha de minha intenção este mármore insensível. Desgraça! Estou devorado pela paixão mais tirânica: não consigo dominá-la. Agora a senhora acaba de falar a meus olhos; fale-me também ao coração e, se devo expulsar tal paixão, ensine-me como fazê-lo sem perder a vida.

Ao pronunciar firme essa premente invocação, prostrei-me com a face no chão e assim fiquei à espera da resposta que estava quase certo de receber, tal era meu ardor.

Percebo agora, o que não era capaz de fazer naquele momento, que, em todas as ocasiões em que precisamos de auxílios extraordinários para corrigir nossa conduta, se pedirmos com força, mesmo que não sejamos atendidos, ao menos, ao nos recolhermos para recebê-los, colocamo-nos de modo a empregar todos os recursos de nossa própria prudência. Eu merecia ser entregue à minha, e eis o que ela me sugeriu:

"Vais estabelecer um dever a cumprir e um espaço considerável entre tua paixão e ti; os fatos te esclarecerão."

"Vou", pensei ao me levantar rapidamente, "vou abrir o coração à minha mãe e colocar-me mais uma vez sob essa querida proteção."

Volto à hospedaria de costume: procuro um veículo e, sem me preocupar com bagagem, pego a estrada de Turim em direção à Espanha passando pela França; mas, antes, ponho num pacote uma nota de trezentos cequins a retirar no banco junto com a seguinte carta:

"Para minha cara Biondetta,

Despego-me de sua presença, minha querida Biondetta, e seria como me despegar da vida se a esperança do mais breve retorno não consolasse meu coração. Vou ver minha mãe; animado pela sedutora ideia que você me sugeriu, vou convencê-la e virei para realizar com seu consentimento a união que me trará felicidade. Feliz por cumprir meus deveres antes de me entregar por inteiro ao amor, sacrificarei a seus pés o resto de minha vida. Você vai conhecer o que é um espanhol, minha Biondetta; vai julgar, pela conduta dele, que, se é homem que obedece aos deveres da honra e do sangue, sabe também satisfazer os outros. Ao ver o feliz resultado de seus preconceitos, você não tachará de orgulho o sentimento que ele lhe dedica. Não posso duvidar de seu amor: ele me prometera inteira obediência; e vou reconhecê-lo ainda melhor por essa pequena condescendência sua em relação a um modo de ver cujo único objetivo é nossa comum ventura. Envio-lhe o que pode ser necessário para manter nossa casa. Mandarei da Espanha o que me parecer o menos indigno de você, esperando que a mais viva ternura já existente nesta vida lhe traga para sempre seu escravo."

O DIABO APAIXONADO

Vou pela estrada da Estremadura. O tempo estava lindo, e tudo parecia aumentar a impaciência que eu tinha de chegar à minha pátria. Já descortinava os campanários de Turim quando uma mala postal meio arrebentada ultrapassa minha carruagem, para e mostra, através da janela, uma mulher que gesticula e se lança para descer.

Meu postilhão também para; desço e recebo Biondetta em meus braços; ela perde os sentidos; só conseguiu pronunciar poucas palavras: "Alvare! Você me abandonou."

Levo-a para minha carruagem, único lugar onde posso sentá-la comodamente: havia, por sorte, dois lugares. Faço todo o possível para que ela recupere a respiração, retirando as vestes que lhe tolhem os movimentos; e, segurando-a nos braços, prossigo o caminho do jeito que se pode imaginar.

Paramos na primeira estalagem de boa aparência: peço que levem Biondetta para o melhor quarto; ela é colocada numa cama e sento-me a seu lado. Peço que tragam líquidos estimulantes, um elixir para acordá-la do desmaio. Afinal ela abre os olhos.

— Mais uma vez quiseram me matar — diz ela —; vão conseguir.

— Que injustiça! — respondo —; um capricho lhe faz recusar ações que sinto como necessárias de minha parte. Acabarei faltando com meus deveres se não souber resistir a você e me exponho a aborrecimentos e remorsos que perturbariam a tranquilidade de nossa união. Decido ir buscar o consentimento de minha mãe...

— E por que não me contou sua decisão, cruel! Não fui feita para lhe obedecer? Eu o teria seguido. Mas abandonar-me sozinha, sem proteção, à vingança dos inimigos que criei por sua causa, ver-me exposta por sua culpa às afrontas mais humilhantes...

— Explique-se, Biondetta; alguém teria ousado...?

— E que risco haveria contra um ser do meu sexo, desprovido de proteção conjugal e de qualquer assistência? O indigno Bernadillo nos seguira em Veneza; mal você desapareceu, cessando ele então de temer sua presença, nada conseguindo de mim desde que sou sua, mas podendo perturbar a imaginação das pessoas a meu serviço, fez cercar com seus fantasmas sua casa do Brenta. Minhas criadas, apavoradas, me abandonam. Segundo um boato geral, autorizado por muitas cartas, um duende raptou um capitão da guarda do rei de Nápoles e o levou para Veneza. Garantem que sou esse duende, e isso parece quase confirmado pelos indícios. Todo mundo se afasta de mim com pavor. Imploro ajuda, compaixão; não encontro. Enfim, o dinheiro consegue o que é recusado ao sentimento de humanidade. Vendem-me muito caro um lugar numa péssima carruagem: encontro guias, postilhões; saio em seu encalço...

Minha firmeza começou a ficar abalada diante do relato das desgraças de Biondetta.

— Não podia — disse-lhe— prever fatos dessa natureza. Eu a vira sendo respeitada por todos os moradores das redondezas do Brenta; como poderia imaginar que o que parecia tão bem conquistado por você lhe seria negado em minha ausência? Oh, Biondetta, você é inteligente: não previu que, ao contrariar motivos tão razoáveis como os meus, iria me levar a decisões desesperadas? Por que...

O DIABO APAIXONADO

— Será que é possível sempre não contrariar? Sou mulher por opção, Alvare, mas sou mulher, afinal, exposta a sentir todas as sensações; não sou de pedra. Escolhi entre os elementos a matéria-prima que compõe meu corpo; ela é muito suscetível; se não o fosse, teria pouca sensibilidade, você não me provocaria nenhuma sensação e eu lhe seria insípida. Perdoe-me por ter arriscado assumir todas as imperfeições do meu sexo a fim de reunir, tanto quanto possível, todas as graças; mas a loucura está feita e, constituída como sou agora, tenho sensações com uma vivacidade inigualável: minha imaginação é um vulcão. Tenho, em suma, paixões de tal violência que chegariam a assustá-lo se você não fosse o objeto da mais forte de todas elas e se não conhecêssemos os princípios e os efeitos desses ímpetos naturais de modo melhor do que são conhecidos em Salamanca. Lá, eles recebem nomes execráveis; o intuito é abafá-los. Abafar uma chama celeste, o único recurso por meio do qual alma e corpo podem agir reciprocamente uma sobre o outro e se forçarem a manter sua união! É muita imbecilidade, meu caro Alvare! É preciso ajustar esses movimentos, mas às vezes é preciso ceder; se forem contrariados, espezinhados, fogem todos ao mesmo tempo, e a razão já não sabe onde se apoiar para governar. Poupe-me neste momento, Alvare; tenho apenas seis meses, estou no entusiasmo de tudo o que sinto; pense que uma recusa sua, uma palavra que me diga irrefletidamente, indispõem o amor, revoltam o orgulho, despertam a indignação, a desconfiança, o medo; que digo? Já estou vendo minha pobre cabeça perdida e meu Alvare tão infeliz quanto eu!

— Oh, Biondetta — continuei —, você é uma caixinha de surpresas; mas creio perceber sua natureza na explicação que você mesma dá sobre suas inclinações. Encontraremos jeito de contrariá-las com nossa ternura mútua. Aliás, temos muito a esperar dos conselhos da digna mãe que vai nos receber em seus braços. Ela vai lhe querer bem, tenho certeza, e tudo concorrerá para vivermos dias felizes...

— É preciso querer o que você quer, Alvare. Conheço melhor o sexo feminino e não espero o mesmo que você; mas quero obedecer para lhe ser agradável, e me entrego.

Contente por me encontrar a caminho da Espanha, com a explicação e em companhia do objeto que cativara minha razão e meus sentidos, apressei-me a procurar a passagem dos Alpes para chegar à França; mas parecia que os céus me eram contrários quando eu não estava só: tempestades terríveis barram-me o caminho, tornam as estradas difíceis e as passagens impraticáveis. Os cavalos se exaurem; meu veículo, que parecia novo e resistente, desmantela-se a cada parada e falha pelo eixo, ou pela marcha, ou pelas rodas. Enfim, após muitas adversidades, chego à garganta de Tende.

No meio de tantos motivos de preocupação, das dificuldades daquela viagem tão contrariada, eu admirava a personagem de Biondetta. Já não era a mulher terna, triste ou exaltada que eu vira; parecia querer aliviar minha contrariedade com tiradas alegres e me convencer de que o cansaço não a aborrecia.

Toda aquela jovialidade era mesclada de carícias sedutoras e irrecusáveis: eu me deixava levar, mas com cautela; o orgulho ferido era um freio para a violência de meus desejos. Ela me conhecia muito bem e, percebendo minha confusão, tentava aumentá-la. Admito que estive em perigo. Numa das vezes, se uma roda não se tivesse quebrado, não sei o que teria acontecido com o meu senso de honra. Isso me fez ficar ainda mais alerta.

Após canseiras incríveis, chegamos a Lyon. Consenti, por consideração a ela, em lá descansar alguns dias. Ela chamava minha atenção para o bel-prazer e a facilidade dos costumes da nação francesa.

— É em Paris, é na corte que eu queria vê-lo estabelecido. Recursos de toda espécie não lhe faltarão; fará a figura que lhe aprouver, e tenho meios seguros para que lá desempenhe importante papel; os franceses são galantes; e, sem demasiada presunção, posso afirmar que os mais distintos viriam me cortejar e eu sacrificaria todos pelo meu Alvare. O máximo do triunfo para a vaidade espanhola!

Ouvi a proposta como um gracejo.

— Não — esclareceu ela —, tenho de fato essa fantasia...

— Vamos então logo para a Estremadura — retorqui — e voltemos para apresentar à corte francesa a esposa de dom Alvare Maravillas, pois não seria conveniente apresentá-la como uma aventureira...

— Estou a caminho da Estremadura — disse ela —, é claro que a vejo como a meta na qual devo encontrar minha felicidade; como faria algo para nunca lá chegar?

Eu ouvia, via sua repugnância, mas continuava no meu intuito e, logo, cheguei ao território espanhol. Os obstáculos imprevistos, os pântanos, os sulcos, os tropeiros

74 Jacques Cazotte

bêbados, as mulas empacadas davam-me mais trabalho ainda que no Piemonte e na Saboia.

Falam mal das estalagens espanholas, e com razão; mesmo assim, considerava-me feliz quando as contrariedades encontradas durante o dia não me forçavam a passar parte da noite em pleno mato ou numa fazendola afastada.

— Que país procuramos — dizia ela —, a julgar pelo que estamos encontrando? Ainda falta muito?

— Você está na Estremadura, a dez léguas no máximo do castelo de Maravillas...

— Não chegaremos até lá, tenho certeza; o céu nos impede. Veja como as nuvens estão carregadas.

Olhei para o céu. Nunca o tinha visto tão ameaçador. Mostrei a Biondetta que a granja onde estávamos podia nos proteger do temporal.

— Será que protegerá também do trovão? — perguntou.

— E que importância tem o trovão para você, habituada a viver nos ares, que o viu formar-se tantas vezes e deve conhecer muito bem sua origem física?

— Eu não teria medo se o conhecesse menos: sujeitei-me, por amor a você, às causas físicas e tenho medo delas porque matam e porque são físicas.

Estávamos sentados em dois montes de palha nas extremidades da granja. E a tempestade, que se anunciara ao longe, se aproxima e ruge de modo assustador. O céu parecia um braseiro agitado pelo vento em mil direções contrárias; os trovões, repercutidos pelos antros das montanhas vizinhas, estrepitavam horrivelmente ao nosso redor. Não se sucediam, pareciam entrechocar-se. O vento, o granizo, a chuva brigavam para saber qual deles acrescentaria mais horror ao pavoroso quadro que aflígia nossos sentidos. Cai um raio que parece incendiar nosso abrigo; segue-se um estrondo tremendo. Biondetta, de olhos fechados, tapando os ouvidos, vem atirar-se em meus braços:

— Ah! Alvare, estou perdida!...

Quis acalmá-la.

— Ponha a mão no meu coração — disse ela.

Pôs a minha mão sobre a sua garganta e, embora ela se enganasse fazendo-me pressionar um lugar onde o batimento não devia ser tão sensível, percebi que o batimento estava acelerado. Ela me abraçava com toda a força e tornava a fazê-lo a cada trovão. Enfim há um estrondo mais assustador que todos os outros: Biondetta se afasta de modo que, se houvesse acidente, ele não a atingiria, mas seria eu a primeira vítima.

Esse efeito do medo me pareceu estranho, e comecei a temer por mim, não pelas consequências da tempestade, mas pelas de um complô formado na mente dela para vencer minha resistência às suas vontades. Embora mais perturbado do que consigo expressar, levanto-me:

— Biondetta, você não sabe o que está fazendo. Pare com esse pavor; essa barulheira não ameaça você nem a mim.

Minha calma deve tê-la surpreendido; mas ela podia disfarçar o que pensava continuando a fingir medo. Felizmente a tempestade chegava ao seu fim. O céu foi ficando limpo, e logo o luar anunciou que nada mais devíamos temer dos elementos enfurecidos.

Biondetta continuava no lugar onde se sentara. Sentei-me ao lado dela sem proferir palavra: ela fingiu dormir, e comecei a pensar com mais tristeza do que durante toda essa minha aventura sobre as consequências forçosamente nefastas de minha paixão. Farei um breve apanhado de meus pensamentos. Minha amante era encantadora, eu queria torná-la minha mulher.

O amanhecer surpreendeu-me nesses pensamentos, levantei-me e fui ver se dava para prosseguir viagem. Impossível. O tropeiro que conduzia minha caleche avisou que as mulas estavam imprestáveis. Quando eu me vi nesse apuro, Biondetta chegou perto de mim.

Eu começava a perder a paciência quando um homem de aspecto sinistro, mas muito forte, apareceu na porta da granja, trazendo duas mulas que pareciam em bom estado. Propus-lhe que me levasse até minha casa; ele conhecia o caminho, acertamos o preço.

Quando ia subir na caleche, pareceu-me reconhecer uma mulher da região que atravessava o caminho seguida de um criado: aproximo-me e olho para ela. É Berthe, honesta colona de minha aldeia e irmã de minha ama. Chamo por ela; ela para, olha para mim com ar tristonho.

— O quê! É o senhor, dom Alvare! O que veio procurar num lugar onde está jurado de morte, ao qual trouxe tanta tristeza?...

— Eu? Minha querida Berthe, mas o que fiz eu?...

— Ah! Senhor Alvare, não lhe dói a consciência pela triste situação à qual sua digna mãe e nossa boa patroa está reduzida? Ela está morrendo...

— Ela, morrendo? — perguntei.

— É — prosseguiu a moça —, e é por causa da tristeza que o senhor lhe causou; neste momento já nem deve estar viva, chegaram-lhe cartas de Nápoles e de Veneza, escreveram coisas de fazer estremecer. Nosso bom patrão, seu irmão, está furioso: disse que vai solicitar providências contra o senhor, que vai denunciá-lo, ele mesmo o entregará...

— Senhora Berthe, se voltar a Maravillas e chegar antes de mim, avise a meu irmão que estou indo para lá.

Imediatamente, com a caleche preparada, dou a mão a Biondetta, disfarçando a desordem que me vai na alma sob a aparência de firmeza. Ela, parecendo assustada:

— O quê! Vamos nos entregar ao seu irmão? Vamos exasperar com nossa presença uma família irritada, vassalos tristes...

— Não tenho medo do meu irmão, senhora, se ele me acusa de erros que não cometi; é importante que eu o esclareça. Se eu tiver errado, preciso pedir desculpas e, como tais erros não vêm do meu coração, tenho direito à sua compaixão e indulgência. Se levei minha mãe ao túmulo por minha conduta desregrada, devo reparar o escândalo e chorar tão alto essa perda que a verdade e a demonstração de meu arrependimento apaguem aos olhos de toda a Espanha a mancha que tal falha transmitiria aos meus descendentes.

— Ah! Dom Alvare, está correndo para a sua perdição e para a minha também; essas cartas escritas de todos os lados, essas acusações espalhadas com tanta presteza e empenho são resultado de nossas aventuras e das perseguições que sofri em Veneza. O traidor Bernadillo, que o senhor não conhece bem, inferniza seu irmão; ele o levará...

— Ora! Que devo temer de Bernadillo e de todos os covardes da terra? Sou eu, senhora, o único inimigo perigoso para mim. Nunca ninguém levará meu irmão à vingança cega, à injustiça, a ações indignas de um homem sensato e corajoso, enfim, de um fidalgo.

O silêncio sucedeu a esse diálogo tão intenso; teria podido tornar-se embaraçoso tanto para um quanto para o outro: mas, após alguns instantes, Biondetta se ajeita pouco a pouco e adormece.

Podia eu deixar de olhar para ela? Podia observá-la sem emoção? Àquele rosto resplandecente de tesouros, de pompa, cheio de juventude, o sono acrescentava a graça natural do repouso, aquele frescor delicioso, animado, que harmoniza todos os traços; um novo encantamento toma conta de mim: afasta minhas desconfianças; a inquietação está suspensa ou, se me resta uma bastante aguda, é que a cabeça do objeto pelo qual estou apaixonado, sacudida pelos trancos da caleche, não sinta algum incômodo pelos bruscos e violentos sacolejos. Só estou preocupado em sustentá-la e poupá-la. Mas há um tranco tão forte que não consigo evitar; Biondetta dá um grito, e somos derrubados. O eixo se quebrara; as mulas felizmente pararam. Levanto-me; corro para Biondetta, muito preocupado. Tinha apenas um arranhão no cotovelo, e logo lá estamos nós de pé, em pleno campo, mas expostos ao forte sol do meio-dia, a cinco léguas do castelo de minha mãe, sem meios de chegar até lá, pois nossos olhos não avistavam nenhum lugar habitado.

No entanto, de tanto olhar com atenção, parece que vejo, uma légua adiante, fumaça saindo de uma mata

O DIABO APAIXONADO

com arvoredo bem alto; então, entregando meu veículo à guarda do tropeiro, convido Biondetta a andar comigo para o lado onde parece haver algum socorro.

Quanto mais avançamos, mais cresce nossa esperança; já a pequena floresta parece dividir-se em duas: logo ela forma uma avenida ao fundo da qual há casas modestas; enfim, uma herdade imponente ocupa nossa visão.

Tudo parece em movimento naquela habitação isolada. Assim que nos veem, um homem se adianta e chega até nós.

Aproxima-se com cortesia. Tem aspecto honesto: veste um gibão de cetim preto, ornado com alguns passamanes de prata. Aparenta ter entre vinte e cinco e trinta anos. Tem a tez de quem vive no campo; um ar vigoroso sob a pele bronzeada e saudável.

Explico-lhe o acidente e o que me leva à casa dele.

— Senhor cavaleiro — responde ele —, o senhor é bem-vindo e está em casa de gente de boa vontade. Tenho aqui uma forja, e seu eixo será consertado: mas nem por todo o ouro de monsenhor o duque de Medina-Sidônia, meu senhorio, nenhum de nós poderá fazer isso agora. Chegamos da igreja, minha mulher e eu. é o mais belo dia para nós. Entrem. Ao verem a noiva, meus pais, amigos e vizinhos com quem devo festejar, os senhores perceberão que é impossível trabalhar agora. Aliás, se a senhora e o senhor não se importarem de estar em companhia de gente que vive do próprio trabalho desde que foi instaurada a monarquia, venham sentar-se à mesa, hoje estamos todos muito felizes; se desejarem, podem participar de nossa alegria. Amanhã pensaremos nos negócios.

80 Jacques Cazotte

Ao mesmo tempo, ele dá ordens para que busquem meu veículo.

E lá estou eu hóspede de Marcos, o capataz do monsenhor, o duque; entramos no salão preparado para o banquete de núpcias, ao lado da casa principal, ocupando todo o fundo do pátio: é uma ramagem em arcadas, enfeitada com festões floridos, de onde a vista, primeiro impedida pelos dois bosquezinhos, se perde agradavelmente na campina, pelo intervalo que forma a avenida.

A mesa estava servida. Luisia,[3] a recém-casada, está entre mim e Marcos; Biondetta, ao lado de Marcos. Os pais e as mães e os outros parentes estão de frente uns para os outros; os jovens ocupam as duas pontas.

A noiva abaixava os grandes olhos negros que não eram feitos para olhar de soslaio; tudo o que lhe diziam, até as coisas inofensivas, faziam-na sorrir e ruborizar-se.

A gravidade preside o início da refeição: é característico da nação; mas, à medida que os odres dispostos em torno da mesa se esvaziam, as fisionomias ficam menos sérias. Todos começavam a se animar quando, de repente, os poetas repentistas da região rodeiam a mesa. São cegos que cantam as seguintes estrofes, acompanhando-se com guitarras:

Marcos disse a Louise,
Queres meu coração e minha fidelidade?
Ela respondeu, segue-me,
Falaremos na igreja.
E lá, com a boca e com os olhos,

---

[3]No original, o nome da personagem aparece com duas grafias: *Luisia* e *Louise*. Nesta edição, optou-se por manter da mesma maneira. (*N. da E.*)

O DIABO APAIXONADO

Eles se juraram
Uma chama viva e pura:
Se você está curioso
Para ver esposos felizes,
Venha à Estremadura.

Louise é inteligente, é bela,
Muitos têm ciúmes de Marcos;
Mas ele desarma todos eles,
Ao se mostrar digno dela;
E tudo aqui, a uma só voz,
Aplaudindo a escolha de ambos,
Enaltece uma chama tão pura:
Se você está curioso
Para ver esposos felizes,
Venha à Estremadura.

De doce simpatia,
Como seus corações estão unidos!
Seus rebanhos estão reunidos
No mesmo aprisco;
Suas penas e prazeres,
Seus cuidados, votos e desejos
Seguem o mesmo compasso:
Se você está curioso
Para ver esposos felizes,
Venha à Estremadura.

Enquanto se escutavam canções tão simples quanto aqueles para quem elas pareciam ter sido feitas, todos os criados da fazenda, já tendo terminado de servir os convidados, reuniam-se alegremente para comer os sobejos da refeição; misturados com ciganos chamados para aumentar o prazer da festa, formavam sob o arvoredo da alameda grupos muito ativos e variados que embelezavam a paisagem.

Biondetta procurava sem cessar os meus olhares e os forçava a se fixarem naqueles objetos que ela parecia apreciar, dando a impressão de me censurar por não compartilhar com ela toda aquela diversão.

Mas a refeição já parece muito demorada para os jovens que esperam pelo baile. Cabe à gente de certa idade mostrar compreensão. A mesa é retirada, as tábuas que a compunham e as barricas que a sustentavam são afastadas até o fundo da ramagem; transformadas em cavaletes, servem de anfiteatro para os músicos. Executam o fandango sevilhano, jovens ciganas tocam castanholas e pandeiros; os convidados das bodas se misturam com elas e as imitam: a dança toma conta de todos.

Biondetta parecia devorar com os olhos o espetáculo. Sem sair do lugar, ela repete todos os movimentos que vê.

— Acho — diz ela — que gosto ardentemente do baile.

Ela entra nele e me força a dançar.

Primeiro parece atrapalhada e meio sem jeito: mas bem depressa perde o receio e une graça e força à ligeireza e à precisão. Ela se anima: quer seu lenço, o meu, aquele que lhe chegar à mão: só se detém para se enxugar.

A dança nunca foi minha paixão; e minha alma não estava nada à vontade para entregar-se a tão fútil diverti-

O DIABO APAIXONADO

mento. Esgueiro-me e chego à extremidade da ramagem, procurando um lugar onde possa me sentar e sonhar.

Uma conversa barulhenta chama, sem querer, a minha atenção. Duas vozes diziam atrás de mim:

— É sim — afirmava uma —, é filho do astro. Entrará em sua casa. Veja, Zoradille, ele nasceu no dia 3 de maio às três da manhã...

— Ah! É verdade, Lélagise — respondia a outra —, azar dos filhos de Saturno, este tem Júpiter como ascendente, Marte e Mercúrio em conjunção trina com Vênus. Oh! O belo jovem! Quantos dons naturais! Quantas esperanças pode ele ter! Que fortuna deveria fazer! Mas...

Eu sabia a hora de meu nascimento e estava ouvindo todos os pormenores com perfeita exatidão. Volto-me e encaro as faladeiras.

Dou com duas velhas ciganas acocoradas nos calcanhares. Pele esverdeada, olhos fundos e brilhantes, boca afundada, nariz fino e desmesurado que sai do alto da cabeça e vem, em curva, encostar no queixo; um pedaço de tecido listrado de branco e azul, bem surrado, dá duas voltas em torno de uma cabeça quase careca, cai como xale no ombro e daí até os rins, que estão seminus; em suma, objetos tão revoltantes quanto ridículos.

Dirijo-me a elas:

— Estavam falando de mim, senhoras? — pergunto, vendo que continuavam a me olhar e a trocar sinais...

— Então o senhor estava nos escutando, senhor cavaleiro?

— Sem dúvida — retorqui —; e quem lhes comunicou tão bem a hora de meu nascimento?

— Temos muitas outras coisas a lhe dizer, jovem feli-
zardo; mas para começar é preciso pôr uma ajudinha na
nossa mão.

— Não seja por isso — respondi e dei-lhe prontamente
um dobrão.

— Está vendo, Zoradille — diz a mais idosa —, como
ele é nobre, como foi feito para gozar todos os tesouros
que lhe são destinados. Vamos, belisque o violão e me
acompanhe.

Ela canta:

A Espanha vos deu o ser,
Mas Parténope foi quem vos alimentou:
A terra em vós vê seu mestre,
Do céu, se quiserdes sê-lo,
Sereis o favorito.

A felicidade que vos predizem
É volúvel e poderia abandonar-vos.
Ela passa por vós:
É preciso, se fordes sábio,
Pegá-la sem hesitar.

Quem é esse objeto amável?
Quem se entregou a vosso poder?
Será...

As velhas estavam animadas. Eu escutava com atenção.
Biondetta parou de dançar; veio rápido, puxou-me pelo
braço e me forçou a sair dali.

O diabo apaixonado 85

— Por que me abandonou, Alvare? Que está fazendo aqui?

— Estava escutando...

— O quê? — disse, tentando me afastar. — Estava escutando esses velhos monstros?...

— Na verdade, minha cara Biondetta, essas criaturas são especiais: conhecem mais coisas do que se supõe; elas estavam dizendo...

— É claro — interrompeu ela com ironia —, essa é a profissão delas, estavam lendo a sua sorte: e você acredita nisso? Você é tão inteligente, mas ingênuo como uma criança. E são esses assuntos que não o deixam me dar atenção?...

— Ao contrário, minha cara Biondetta, elas iam me falar de você.

— Falar de mim? — perguntou ela, com uma ponta de preocupação. — O que saberão? O que podem dizer? Você está delirando. Vai ter de dançar comigo a noite inteira para me fazer esquecer essa bobagem.

Eu a sigo: entro de novo no círculo, mas sem prestar atenção no que acontece em torno de mim nem no que estou fazendo. Só pensava em escapar para encontrar, onde pudesse, minhas leitoras de buena-dicha. Enfim, consigo um momento propício e aproveito. Num piscar de olhos, corri até minhas feiticeiras, encontrei-as e as levei para o fundo do pomar da fazenda. Lá, suplico-lhes que digam em prosa, sem enigma, de maneira bem resumida, tudo o que elas podem saber de interessante sobre mim. A conjuração era poderosa, porque eu tinha as mãos cheias de ouro. Elas estavam loucas para falar, e eu para escutá-las. Já não duvidava de que elas sabiam particularidades secretas de minha família e, mesmo que de modo confuso, de minha ligação com Biondetta, de meus temores, de minhas esperanças; acreditava que ficaria sabendo coisas muito importantes; mas nosso Argos já estava no meu encalço. Biondetta não veio correndo, ela voou. Eu quis explicar.

— Não desculpo — disse ela —, a recaída é imperdoável...

— Ah! Vai perdoar com certeza — respondi —, embora você não tenha deixado que eu fosse tão informado quanto poderia ser, agora já sei o bastante...

— Para fazer alguma extravagância. Estou furiosa, mas não é hora de brigar; se não estamos sendo corretos um com o outro, a culpa é de nossos anfitriões. Vamos agora para o banquete, e sento-me ao seu lado: não vou deixar que você me escape.

Na nova distribuição da mesa, ficamos sentados diante dos recém-casados. Ambos estão envolvidos pela alegria do dia; Marcos lança olhares apaixonados, Luisia os tem menos tímidos: o pudor se vinga e lhe cobre a face de encarnado vivo. O vinho de Jerez é passado por toda a mesa e parece diluir de certa forma a moderação: até os velhos, animando-se com a lembrança dos prazeres passados, incitam os jovens com provocações mais atrevidas que engraçadas. Eu tinha esse quadro sob os olhos; e tinha um mais agitado, mais variado, ao meu lado.

Biondetta, passando sucessivamente da paixão ao mau humor, com a boca pronta para as graças altivas do desprezo, ou embelezada pelo sorriso, me aborrecia, mostrava-se amuada, me beliscava com fúria e terminava

O DIABO APAIXONADO   87

me pisando os pés. Em suma, era vertiginosamente um agrado, uma censura, um castigo, uma carícia: de modo que, entregue a essa enxurrada de sensações, eu estava em pleno desvario.

Os recém-casados desapareceram; alguns convidados os seguiram por este ou aquele motivo. Levantamo-nos da mesa. Uma mulher, a tia do anfitrião, pega uma tocha de cera amarelada, leva-nos até um quartinho que tinha menos de quatro metros quadrados: uma cama com um metro e pouco de largura, uma mesa e duas cadeiras são toda a mobília.

— Senhor e senhora — diz ela —, eis o único aposento que lhes podemos oferecer.

Coloca a tocha sobre a mesa e nos deixa.

Biondetta abaixa os olhos. Dirijo-me a ela:

— Você disse que éramos casados?

— Disse — responde ela —, eu só podia dizer a verdade. Eu tenho a sua palavra, você tem a minha. Isso é o essencial. As cerimônias de vocês são precauções contra a má-fé, e não faço questão delas. O resto não dependeu de mim. Aliás, se não quiser compartilhar o leito que nos oferecem, você me dará o desprazer de vê-lo passar a noite sem conforto. Preciso de descanso: estou exausta, extenuada em todos os sentidos.

Ao pronunciar essas palavras em tom agressivo, ela se deita na cama com o rosto virado para a parede.

— O que é isso! — exclamei. — Biondetta, eu a aborreci, você está mesmo zangada! Como posso reparar meu erro? Peça a minha vida.

— Alvare — responde ela sem se mexer —, vá consultar suas ciganas para saber o modo de restabelecer o sossego no meu coração e no seu.

— O quê? A conversa que tive com aquelas mulheres é o motivo de sua raiva? Ah! Desculpe-me, Biondetta. Se soubesse como os conselhos que elas me deram concordam com os seus, e que elas me convenceram, enfim, a não voltar ao castelo de Maravillas! É isso mesmo, está resolvido, amanhã partimos para Roma, para Veneza, para Paris, para todos os lugares onde você queira que eu vá morar com você. Lá aguardaremos o consentimento de minha família...

Ao ouvir tal discurso, Biondetta se vira. O rosto sério, severo.

— Lembra-se, Alvare, o que sou, o que esperava de você, o que lhe aconselhava? Então! Quer dizer que eu, que utilizei com discrição as luzes de que sou dotada, não consegui levá-lo a nada de razoável, mas que a regra da minha conduta e da sua será baseada nas palavras de dois seres perigosíssimos para você e para mim, para não dizer os mais desprezíveis! É verdade, sempre tive medo dos homens; hesitei durante séculos antes de fazer a escolha; está feita, não há retorno: sou muito infeliz!

E irrompe num choro que tenta esconder de mim.

Sacudido pelas mais violentas paixões, caio a seus joelhos:

— Oh! Biondetta! Você não vê meu coração! Se visse, pararia de estraçalhá-lo!

— Você não me conhece, Alvare, e me fará sofrer cruelmente antes de me conhecer. É preciso que um último esforço lhe revele meus recursos e conquiste tão perfeitamente sua estima e confiança para que eu não seja mais exposta a situações humilhantes e perigosas; suas pitonisas estão bem de acordo comigo para não me causarem justos terrores. Quem me garante que Soberano, Bernadillo, seus inimigos e meus, não estejam escondidos sob essas máscaras? Lembre-se de Veneza. Vamos contrapor a suas artimanhas um tipo de maravilhas que eles não esperam de mim. Amanhã, chego a Maravillas, de onde as manobras deles procuram me afastar; as mais aviltantes e desprezíveis de todas as suspeitas lá estão à minha espera: mas dona Mencia é mulher justa e digna de estima; seu irmão tem alma nobre, eu me confio a eles. Serei um prodígio de doçura, aceitação, submissão, paciência, não fugirei das provações.

Detém-se um instante:

— Será que já te rebaixaste bastante, infeliz sílfide? — exclama em tom sofrido.

Ela quer prosseguir; mas a enxurrada de lágrimas lhe corta o uso da palavra.

Como fico eu diante dessas provas de paixão, manifestações de sofrimento, resoluções ditadas pela prudência, desses impulsos de uma coragem que me pareceu heroica! Sento-me ao lado dela, tento acalmá-la com carícias; mas primeiro sou repelido: logo em seguida já não encontro resistência sem ter feito grande coisa para isso; a respiração a sufoca, os olhos estão semicerrados, o corpo só obedece a movimentos convulsos, um frio suspeito espalhou-se por toda a pele, o pulso já não apresenta movimento e o corpo pareceria inerte se o pranto não corresse com a mesma abundância.

Ó poder das lágrimas! Sem dúvida é o mais poderoso sinal do amor! Minhas desconfianças, decisões, juras, tudo está esquecido. Ao tentar estancar a fonte daquele orvalho precioso, aproximei-me demais daquela boca em que o frescor se junta ao suave perfume da rosa; e, se eu quisesse me afastar, dois braços cujos alvor, doçura e forma seriam difíceis descrever são laços dos quais não consigo me soltar.

....

....

— Oh, meu Alvare! — exclama Biondetta —, venci: sou o mais feliz dos seres.

Eu estava sem força para falar: sentia uma extrema perturbação; e até mais: estava envergonhado, imóvel. Ela se precipita para fora da cama: está a meus joelhos, tira-me os sapatos.

— Que é isso! Cara Biondetta, o que está fazendo? Você se rebaixa?...

— Ah, ingrato! — responde ela. — Eu te servia quando eras apenas meu déspota, deixa-me servir o meu amante.

Num instante estou sem roupa: meus cabelos, bem ajeitados, são presos numa redinha que ela tirou do bolso. Seu vigor, rapidez e engenho varreram todos os obstáculos que tentei opor. Com a mesma presteza lavou-se, apagou a vela que nos iluminava e lá estávamos nós, com as cortinas da cama fechadas.

Então, com uma voz cuja doçura superava a da mais encantadora melodia:

— Terei feito o meu Alvare tão feliz quanto ele me fez? Acho que não: sou por enquanto a única feliz: ele

O DIABO APAIXONADO

também há de ser, eu quero; eu o inebriarei com delícias; o cumularei de saberes, o elevarei ao cume das grandezas. Queres, meu coração, ser a criatura mais privilegiada, sujeitar comigo os homens, os elementos, a natureza inteira?

— Oh, minha cara Biondetta — respondi, embora fazendo grande esforço para me conter —, tu me bastas: preenches todos os desejos do meu coração...

— Não, de modo algum — replicou ela rapidamente —, Biondetta não deve te bastar: não é esse o meu nome; tu é que me havias dado; ele me agradava, eu o trazia com prazer; mas é preciso que saibas quem sou... Eu sou o diabo, meu caro Alvare, sou o diabo...

Ao pronunciar essa palavra num tom de encantadora doçura, ela fechava, totalmente, a passagem às respostas que eu lhe havia querido dar. Assim que pude romper o silêncio, disse-lhe:

— Chega, minha cara Biondetta, ou sejas quem fores, de pronunciar essa palavra fatal e de me lembrar um erro abjurado há muito tempo.

— Não, meu caro Alvare, não se tratava de um erro; eu fiz que acreditasses nisso, prezado hominho. Foi preciso te enganar para que te tornasses razoável. A espécie a que pertences escapa à verdade: só os tornando cegos é que se consegue que fiquem felizes. Ah! Serás feliz, e muitíssimo, se quiseres! Pretendo dar-te tudo. Já viste que não sou tão nojento quanto dizem.

Tais gracejos me desnorteavam ainda mais. Eu não aceitava aquilo, e a embriaguez dos meus sentidos contribuía para minha distração voluntária.

— Mas, responde — insistia ela.

— O que quer que eu responda?...

— Ingrato, põe a mão sobre este coração que te adora; que o teu se anime, se possível, com a mais leve das emoções que são tão sensíveis no meu. Deixa correr em tuas veias um pouco desta chama deliciosa que incendeia as minhas; abranda, se puderes, o som dessa voz feita para inspirar amor e que tu só usas para assustar minha alma tímida; dize, enfim, se conseguires, mas com a mesma ternura que sinto por ti: Meu caro Belzebu, eu te adoro...

Ao ouvir o nome fatal, embora pronunciado com imensa ternura, um terror mortal me inunda, espanto e assombro me oprimem a alma; eu a consideraria aniquilada se a voz surda do remorso não gritasse no fundo do meu coração. Mas a revolta de meus sentidos subsiste muito forte ainda mais porque não pode ser sufocada pela razão. Ela me entrega sem defesa ao inimigo que abusa sem hesitar e faz de mim sua conquista fácil.

Ele não me dá tempo para eu voltar a mim, para refletir sobre o pecado do qual é bem mais autor do que cúmplice.

— Nossos negócios estão acertados —, disse-me sem alterar aquele tom de voz ao qual eu me habituara. — Vieste me procurar: eu te segui, servi, favoreci; enfim, fiz o que quiseste. Eu desejava possuir-te e precisava, para tal, que te entregasses livremente. Foi sem dúvida graças a alguns ardis que devo o primeiro consentimento; quanto ao segundo, eu já me havia apresentado: sabias a quem te entregavas e não podias alegar ignorância. A partir de agora, Alvare, nosso elo é indissolúvel, mas, para consolidar nossa sociedade, é importante que nos conheçamos melhor. Como já te conheço quase de cor, para que

O DIABO APAIXONADO

nossas vantagens sejam reciprocamente equiparadas, devo mostrar-me a ti tal como sou.

Não me foi dado tempo para pensar nessa arenga peculiar: um apito estridente soa ao meu lado. No mesmo minuto, a escuridão que me envolve desaparece: a cornija que encima o lambril do quarto se enche de enormes lesmas: seus chifres, que elas movem rapidamente em forma de balanço, tornam-se jatos de luz fosforescente, cujos brilho e efeito aumentam pela efervescência e pela delonga. Quase cego por aquela súbita iluminação, lanço um olhar para o meu lado; em vez de uma figura encantadora, o que vejo? Ó céus! É a horrível cabeça de camelo. Ela articula com voz de trovão aquele tenebroso *Che vuoi* que tanto me apavorara na gruta, solta uma gargalhada humana ainda mais assustadora, mostra uma língua desmesurada...

Eu corro; escondo-me debaixo da cama, de olhos fechados e rosto enterrado no chão. Sentia meu coração bater com muita força, e vinha-me um sufoco como se eu fosse parar de respirar.

Não sei avaliar quanto tempo passei naquela situação indescritível quando senti que me puxavam pelo braço; meu pavor aumentou: forçado mesmo assim a abrir os olhos, uma luz fortíssima os cega.

Não era a mesma das lesmas, já não havia nenhuma nas cornijas; mas o sol me batia em cheio no rosto. Puxam-me outra vez pelo braço: insistem; reconheço Marcos.

— Ei, senhor cavalheiro — diz ele —, a que horas pensa partir? Se quiser chegar a Maravillas hoje, não pode perder tempo, já é quase meio-dia.

Eu não respondia; ele me examina:

— Como? O senhor deitou-se todo vestido, passou então na cama catorze horas sem acordar? Devia estar mesmo muito cansado. A senhora sua esposa deve ter percebido: foi sem dúvida para não incomodá-lo que ela passou a noite com uma de minhas tias; mas ela foi mais zelosa que o senhor; deu ordens e, desde cedo, tudo foi consertado em sua carruagem; agora o senhor pode subir. Quanto à senhora, já não está aqui: demos-lhe uma boa mula; ela quis aproveitar a fresca da manhã; já foi na frente e deve estar à sua espera na primeira vila que o senhor encontrar na estrada.

Marcos sai. Maquinalmente esfrego os olhos e passo as mãos pela cabeça a fim de encontrar a redinha que envolvia meus cabelos... Nada me cobre a cabeça, meu rabicho está como estava na véspera, preso pela fita. Será que dormi?, perguntei-me. Teria eu dormido? Seria feliz a ponto de tudo não ter passado de um sonho? Eu a vi apagar a luz... Ela apagou...

Marcos entra.

— Se quiser comer alguma coisa, senhor cavalheiro, tudo está preparado. Sua carruagem está atrelada.

Saio da cama; mal me tenho em pé, minhas pernas se dobram. Aceito comer alguma coisa, mas não consigo. Quero, então, agradecer ao fazendeiro e indenizá-lo pela despesa que lhe dei, ele recusa.

— A senhora — responde ele — nos retribuiu e com muita nobreza; o senhor e eu, senhor cavaleiro, temos duas ótimas mulheres.

Ao ouvir isso, sem responder, subo em minha sege; ela avança.

O DIABO APAIXONADO

Não sei reproduzir a confusão de minhas ideias: era tal que a lembrança do perigo em que eu devia encontrar minha mãe só aparecia ligeiramente. De olhar embotado, boca entreaberta, eu era menos homem e mais autômato.

O cocheiro me acorda.

— Senhor cavalheiro, devemos encontrar a senhora nesta aldeia.

Não lhe respondo. Atravessávamos uma espécie de vilarejo; em cada casa, ele perguntava se haviam visto passar uma jovem senhora com tal e tal equipagem. Respondem que ela não parou. Ele se vira, como para verificar em meu rosto se havia preocupação com o fato. E, se ele não sabia mais do que eu, eu devia parecer-lhe bem perturbado.

Saímos da aldeia, e começo a me alegrar por ter o objeto atual de meus temores afastado, ao menos por algum tempo. Ah! Se conseguir chegar, atirar-me aos joelhos de dona Mencia, digo para mim mesmo, se me puser sob a proteção de minha respeitável mãe, fantasmas, monstros encarniçados contra mim, ousareis violar esse asilo? Lá encontrarei, com os sentimentos naturais, os princípios salutares dos quais me afastara e com eles farei uma muralha contra vós.

Mas, se os desgostos causados por meus desvarios me tiverem privado desse anjo tutelar... Ah! Só quero viver para vingá-la sobre minha pessoa. Vou fechar-me num claustro... Ai! E quem vai me livrar das quimeras geradas em meu cérebro? Entremos para a vida eclesiástica. Sexo encantador, devo renunciar a ti: uma larva infernal vestiu-se de todas as graças que eu idolatrava; o que eu veria em ti de mais tocante me lembraria...

Em meio a essas reflexões nas quais minha atenção estava concentrada, a carruagem entrou no grande pátio do castelo. Ouço uma voz:

— É Alvare! É meu filho!

Ergo os olhos e reconheço minha mãe na sacada de seu aposento.

Nada se iguala à doçura e ao ardor do sentimento que me cerca. Minha alma parece renascer: todas as minhas forças se reanimam. Corro, voo para os braços que me esperam. Ponho-me de joelhos.

— Ah! — exclamei, com os olhos em pranto, a voz entrecortada de soluços —, minha mãe! Minha mãe! Não sou então o seu assassino? Reconhece-me como seu filho? Ah! Minha mãe, me abrace...

A paixão que me conduz, a veemência de meu agir alteraram tanto meus traços e o som de minha voz que dona Mencia fica preocupada. Ergue-me com bondade, beija-me de novo, faz que eu me sente. Eu queria falar, mas não conseguia; atirava-me sobre suas mãos banhando-as de lágrimas, cobrindo-as de muitos carinhos.

Dona Mencia olha-me com espanto: supõe que me deve ter acontecido algo de extraordinário; chega a temer uma perturbação da minha mente. Enquanto sua preocupação, curiosidade, bondade, ternura se revelam pela complacência do olhar, sua atenção traz até junto de mim tudo o que pode aliviar as necessidades de um viajante cansado após longa e dura estrada.

Os criados correm para me servir. Molho os lábios por gentileza: meus olhares distraídos buscam meu irmão; preocupado por não vê-lo, pergunto:

O DIABO APAIXONADO

— Senhora, onde está o digno dom Juan?

— Ele ficará muito contente de saber que você está aqui, pois havia escrito para que viesse; mas, como suas cartas, datadas de Madri, só podem ter partido há alguns dias, não esperávamos por você tão cedo. Agora você é coronel do regimento que foi dele, e ele acaba de ser nomeado pelo rei para um vice-reinado na Índia.

— Céus! — exclamei. — Então era tudo mentira no horrível sonho que acabei de ter? Mas é impossível...

— De que sonho está falando, Alvare?...

— Do mais longo, mais espantoso, mais terrível que se possa ter.

E, superando o orgulho e a vergonha, conto com pormenores tudo o que me aconteceu desde a entrada na gruta de Portici até o feliz momento em que pude abraçar seus joelhos.

Aquela mulher respeitável me escuta com extraordinária atenção, paciência e bondade. Como eu conhecia o tamanho de meu erro, ela viu que era inútil repisar.

— Meu filho querido, você procurou as mentiras e, desde então, foi cercado por elas. Basta ver pela notícia de minha doença e do ódio de seu irmão mais velho. Berthe, com quem você pensou ter falado, está há algum tempo doente e acamada. Nunca pensei em lhe enviar duzentos cequins além de sua mesada, por medo de alimentar seus excessos ou de incentivá-los por uma liberalidade mal compreendida. O honesto escudeiro Pimientos morreu há um ano e meio. E dos mil e oitocentos campanários que talvez possua o senhor duque de Medina-Sidônia em todas as Espanhas, ele não tem um palmo de terra no lugar que você citou: eu o conheço perfeitamente, e você deve ter sonhado com aquela herdade e todos os seus moradores.

— Ah! Senhora — completei —, o almocreve que me trouxe viu tudo aquilo como eu. Ele dançou no casamento.

Minha mãe mandou que chamassem o almocreve, mas ele tinha deixado os cavalos ao chegar, sem pedir pagamento.

Essa fuga precipitada, que não deixava rastros, suscitou dúvidas em minha mãe.

— Nugnès — disse ela a um pajem que atravessava o apartamento —, vá dizer ao venerável dom Quebracuernos que meu filho Alvare e eu o aguardamos aqui.

— É — continuou ela — um doutor de Salamanca; ele tem minha confiança e a merece: você pode dar-lhe a sua. Há, no final de seu sonho, uma particularidade que me intriga; dom Quebracuernos conhece os termos e definirá essas coisas bem melhor do que eu.

O venerável doutor não tardou; era uma figura imponente, mesmo antes de falar, pela gravidade de sua atitude. Minha mãe pediu que eu fizesse de novo, diante dele, a confissão sincera de minha leviandade e de suas consequências. Ele me ouvia com atenção cheia de pasmo e sem me interromper. Quando terminei, depois de ter-se recolhido um pouco, tomou a palavra nos seguintes termos:

— Decerto, senhor Alvare, o senhor escapou do maior perigo a que um homem pode se expor por culpa própria. Provocou o espírito maligno e lhe forneceu, por uma série de imprudências, todos os disfarces de que ele precisava para conseguir enganá-lo e perdê-lo. Sua aventura é bastante extraordinária; nunca li nada de semelhante na

Démonomanie [Demonomania], de Bodin, nem no *Monde enchanté* [Mundo encantado], de Bekker. E é preciso convir que, desde que esses grandes homens escreveram, nosso inimigo se aperfeiçoou prodigiosamente na maneira de arquitetar seus ataques, aproveitando os ardis que os homens de hoje utilizam reciprocamente para se corromperem. Ele copia a natureza com fidelidade e astúcia; emprega o recurso dos talentos atenciosos, dá festas bem agradáveis, faz que as paixões falem com a linguagem mais sedutora; chega a imitar a virtude até certo ponto. Isso me abre os olhos para muitas coisas que ocorrem; vejo daqui grutas bem mais perigosas que as de Portici e uma multidão de obsessivos que, infelizmente, não sabem que o são. Em relação ao senhor, tomando as sábias precauções para o presente e para o futuro, creio que está completamente libertado. Seu inimigo retirou-se, quanto a isso não há equívoco. Ele o seduziu, é verdade, mas não conseguiu corrompê-lo; suas intenções e seus remorsos o preservaram com as ajudas extraordinárias que recebeu; assim o suposto triunfo dele e a derrota do senhor nada mais foram para o senhor e para ele que uma *ilusão* cujo arrependimento acabará por lavar o senhor. Quanto a ele, a retirada forçada foi sua parte; mas admire como ele soube encobri-la e deixar, ao partir, a perturbação em seu espírito e anseios em seu coração para conseguir renovar o ataque se o senhor lhe der oportunidade. Depois de tê-lo maravilhado tanto quanto o senhor o permitiu, obrigado a mostrar-se ao senhor em toda a sua disformidade, ele obedece como escravo que premedita a revolta; não lhe quer deixar nenhuma ideia razoável e distinta, misturando o grotesco com o terrível, o pueril de suas lesmas luminosas com a descoberta apavorante de sua horrível cabeça, enfim, a mentira com a verdade, o descanso com a vigília; de modo que o espírito confuso do senhor não distinguisse nada e pudesse crer que a visão que lhe apareceu não era tanto o efeito de sua malícia, mas sim um sonho provocado pelas emanações de seu cérebro: contudo, ele isolou cuidadosamente a ideia daquele fantasma agradável do qual se serviu por muito tempo para o desnortear; ele a trará de novo se o senhor lhe der possibilidade. Não creio, porém, que a barreira do claustro ou da vocação religiosa seja a que o senhor lhe deva opor. Sua decisão não está nítida; as pessoas que aprenderam pela própria experiência são necessárias no mundo. Creia-me, forme vínculos legítimos com uma pessoa do sexo oposto, que sua respeitável mãe presida à sua escolha: e, se aquela que o senhor receber da mão dela tiver graças e talentos celestes, o senhor jamais será tentado a tomá-la pelo Diabo.

Aventura do peregrino

Um rei de Nápoles chamado Roger, que andava caçando, afastou-se de seu séquito e perdeu-se na floresta. Lá encontrou um peregrino, homem de bom aspecto que, não o reconhecendo, dirige-se ao monarca sem cerimônia e pergunta-lhe qual é o caminho para Nápoles.

— Companheiro — responde o rei —, deve estar chegando de longe; porque seu pé está bem empoeirado.

— E, mesmo assim — retorquiu o peregrino —, não está coberto de toda a poeira que ele espalhou.

— Você deve ter visto — prosseguiu Roger — e aprendido muita coisa em suas viagens.

— Vi — continuou o peregrino — muita gente com poucas preocupações. Aprendi a não desanimar com uma primeira recusa. Peço-lhe, portanto, que me indique o caminho que devo tomar; pois a noite está chegando e preciso descobrir um lugar onde possa pernoitar.

— Conhece alguém em Nápoles? — perguntou o rei.

— Não — respondeu o peregrino.

— Então não tem certeza — prosseguiu o rei — de que lá vai ser bem recebido?

— Ao menos, tenho certeza — disse o peregrino — de perdoar a má acolhida àqueles que me fizerem isso sem me conhecer; a noite está chegando, qual é o caminho para Nápoles?

— Se estou tão perdido quanto você — disse Roger —, como posso lhe indicar? O melhor é que o procuremos juntos.

— Seria uma maravilha — disse o peregrino — se você não estivesse a cavalo; mas eu vou atrasar sua marcha ou você apressará demais a minha.

— Tem razão — disse Roger —, é preciso que tudo seja igual entre nós, já que estamos no mesmo aperto.

Ao dizer isso, ele apeia do cavalo e fica lado a lado com o peregrino.

— Adivinha com quem você está andando? — pergunta ao companheiro.

— Mais ou menos — respondeu —; o que sei é que estou com um homem.

— Mas — insistiu Roger — acha que está seguro em minha companhia?

— Espero tudo das pessoas honestas — prosseguiu o peregrino — e não tenho medo de ladrões.

— Acreditaria — acrescentou Roger — que está com o rei de Nápoles?

— Até gosto disso — continuou o peregrino —, não tenho medo de reis; não são eles que nos prejudicam; mas, já que você o é, felicito-o por me ter encontrado. Talvez seja eu o primeiro homem que se mostrou em sua frente com o rosto descoberto.

— Pois bem! — disse o rei. — Que eu não seja o único a lucrar com esta conversa. Siga-me, vou fazer alguma coisa pela sua sorte.

— Já está feita, sire — respondeu o peregrino —, eu a trago comigo. Tenho aqui — disse ele mostrando seu

AVENTURA DO PEREGRINO

cajado e seu alforje — dois bons amigos que não me deixam faltar nada. Desejo que encontre na posse de sua coroa toda a satisfação que sinto com eles.

— Então você é feliz? — perguntou Roger.

— Tanto quanto um homem o pode ser: em todo caso, fiz a promessa de me enforcar se encontrar alguém mais feliz que eu.

— Mas — perguntou o rei — como pode você estar contente com sua sorte se precisa de todo mundo?

— Seria eu mais feliz se todo mundo precisasse de mim?

— Vá se enforcar — continuou Roger —, pois acho que sou mais feliz que você.

— Se essa desgraça tivesse de me acontecer — retorquiu o peregrino —, eu pensaria que tal golpe devia vir de algum tratante, mais ocioso que eu. Não o esperava da parte de quem isso me chega; mas, como o passo é duro de dar, acho que antes de mais nada seria bom que fizéssemos juntos o cálculo.

— Isso é fácil — diz Roger. — Tenho em abundância todo o conforto da vida. Quando viajo, faço como me apraz, como pode verificar; porque tenho uma boa montaria e, em minhas estrebarias, trezentos cavalos tão bons quanto este; se retorno a Nápoles, tenho a certeza de ser bem recebido.

— Vou lhe fazer apenas uma pergunta — diz o peregrino. — Aproveita todos esses bens com entusiasmo? Vive sem obrigações, sem ambição, sem preocupação?

— Está querendo muito, peregrino — respondeu Roger.

— Vossa Majestade me perdoe — diz o peregrino; mas, como o assunto terá consequências muito sérias para mim, devo considerar cada item. Eis o meu caso:

Fiz um exercício razoável. Tenho bom apetite, vou comer de tudo o que houver; em seguida, dormirei muito bem até amanhã. Levantarei bem disposto. Irei aonde me levarem a curiosidade, a devoção ou o sonho. Depois de amanhã, se Nápoles me aborrecer, o resto do mundo estará a meu dispor. Convenha, sire, que, se eu perder para o senhor, perco com vantagem.

— Peregrino — diz o monarca —, percebo que você não está cansado de viver e tem razão. Dou-me por vencido; mas, para compensar esta minha confissão, exijo que seja meu hóspede durante sua estada em Nápoles.

— Não farei isso, sire — respondeu o peregrino —; não porque me julgue indigno da honra que quer me fazer: o senhor nos exporia, ambos, às observações maldosas de seus cortesãos. Vão elogiar aparentemente sua caridade e simular que me recebem com apreço, mas perguntando-se onde foi que o senhor encontrou esse estrangeiro, um vagabundo; e o que pretende fazer com ele; que talentos e mérito o senhor vê nele. Iriam tachá-lo de crédulo demais, de irresponsável e até de coisa pior.

— E onde foi que o peregrino aprendeu a conhecer a corte?

— Nasci — prosseguiu o peregrino — comensal de um palácio; e, embora pudesse lá viver muito à vontade, logo me cansei de ouvir falarem mal de um excelente patrão que não paravam de elogiar em público, de ver que tentavam enganá-lo e de, enfim, viver com pessoas que só eram grandes por fora; afastei-me logo para procurar alhures a naturalidade, sentimentos, franqueza, liberdade. Desde então, corro o mundo.

— E acha que todas as cortes são iguais? — indaga o monarca.

— É idêntico — retomou o peregrino — o espírito que as governa.

— Então você tem — continua o rei — péssima opinião das pessoas que nos cercam?

— Seria também sua opinião, sire, se elas se mostrassem diante do senhor tal como são. Mas vivem sempre atentas e ficariam com medo se pensassem que o senhor pode ler o que lhes passa na alma. Quero, a esse respeito, oferecer-lhe um meio de se divertir à custa delas. Meio que não é extraordinário e só exige um pouco de mistério.

E o peregrino lhe explica seu projeto.

Nesse meio-tempo, o barulho das trompas de caça e dos cães anunciaram que o séquito de Roger estava chegando, e o estrangeiro se despede dele para não ser visto, enquanto o príncipe monta e esporeia o cavalo para ir ao encontro da caça.

No dia seguinte, o peregrino se apresenta diante do monarca com uma petição; o rei recebe a petição sem nada manifestar e, como se não conhecesse o homem, demonstra primeiro certa surpresa, depois ordena que levem o estrangeiro ao palácio, concede-lhe uma audiência de duas horas em sua sala e sai da audiência com ar pensativo, preocupado, deixando intrigados todos os curiosos da corte.

As pessoas que lá estavam apenas para o cortejo ou para engrossar a multidão não ousavam demonstrar curiosidade; mas o ministro, a amante, o favorito, enfim, todos os que mereciam a confiança do soberano puseram-se a fazer perguntas.

— Esse homem — disse o rei ao ministro, que foi o primeiro a se manifestar — é extraordinário e possui segredos sobrenaturais. Disse e mostrou-me coisas estranhas: veja o presente que me deu. Este espelho, que parece tão banal, apresenta primeiro os objetos ao natural; mas, com a ajuda de duas palavras do vocabulário caldeu, o homem que nele se olhar vai ver-se tal como gostaria de ser. Ou seja, os anseios, as imaginações e os sonhos que as paixões nos fazem ter ao envelhecer acabam se realizando. Eu fiz a experiência; e vocês acreditam que me vi no trono de Constantinopla, tendo meus rivais como cortesãos e meus inimigos a meus pés? Mas o que estou contando não dá a ideia exata da coisa: façam vocês mesmos a experiência e terão uma enorme surpresa.

— Dispense-me disso, sire — respondeu o ministro num tom frio e sério, que disfarçava muito bem seu embaraço. — Esse peregrino só pode ser um mágico perigoso; para mim esse espelho é uma invenção diabólica, e as palavras ensinadas a Vossa Majestade são decerto sacrílegas. Admiro-me que, piedoso como é, não tenha rejeitado com horror semelhante invenção danada.

Roger não quis insistir com o ministro e tentou apresentar o espelho à sua amante e ao favorito. A primeira fingiu desmaiar de medo; o outro respondeu:

AVENTURA DO PEREGRINO

— Contando com as boas graças de Vossa Majestade, sou tal como desejo ser e não quero ver nada além disso.

Roger tentou em vão fazer com outros a experiência de seu espelho; recebeu sempre a mesma recusa. As consciências se revoltaram; é preciso, diziam, mandar queimar o peregrino e seu espelho.

O rei, ao ver que a coisa tomava um ar tão sério a ponto de pessoas autorizadas lhe falarem do assunto, mandou chamar o peregrino para a audiência pública e disse:

— Você não é feiticeiro, peregrino; mas conhece o mundo. Apostou que eu não encontraria na corte ninguém que quisesse se mostrar a mim tal como é, e ganhou a aposta. Pode levar o espelho que comprou numa loja de Nápoles: prestou-lhe um grande serviço pelas duas moedas que custou.

Este livro foi impresso nas oficinas da
Distribuidora Record de Serviços de Imprensa S.A.
Rua Argentina, 171 – Rio de Janeiro, RJ
para a Editora José Olympio Ltda.
em agosto de 2013

*

81º aniversário desta Casa de livros, fundada em 29.11.1931